講談社文庫

されど私の可愛い檸檬

舞城王太郎

講談社

目次

されど私の可愛い檸檬

トロフィーワイフ

　二ヵ月ぶりに母親から電話がある。私は少し緊張して携帯を取る。相手の用件は大抵私の近況を確認するみたいなのばっかりだから何か報告すべきことあったっけと即座に考え始めてるけれど、そんな私に母親が言う。

「お姉ちゃんが離婚しそうなんだけど、あんた何か聞いてる？」

　予想外すぎて言葉が脳の上を上滑りしてどこかに行ってしまいそうになってるのを引きずり戻す。

「……え？離婚って何？お姉ちゃんが？お姉ちゃんて棚ちゃんだよね。は？離婚？何で？知らないよ？私に話なんかきてない。つか連絡も取ってないしくるはずないじゃん。あはは」

　と思わず笑ってしまうが面白くもないし何故笑ったのか判らない。

「笑い事じゃないよ」と母親も言う。「あんたお姉ちゃんと連絡取ってないの？こんなときに」

「こんなときもどんなときもないよ。知らないから。それにあの人私にこんな話しないでしょ」

「仲良いんじゃないの？」

そんなことも気付いてなかったのか。「仲が悪くないだけ。別に普通。で、なんでそんなことになってんの。友樹さん浮気？」

「そうじゃないみたい。でもお母さんもお姉ちゃんの言ってることよくわかんないのよ。お父さんも。あんたちょっとお姉ちゃんに話聞いてみてくれない？」

「えー？やだよ」

「そんなふうに言わないでよ。二人だけの姉妹でしょ？」

「もう他人も同然だよー」

「もう。そんなふうに言わないでって言ってるでしょ？お願いだから」

「だってもう一年近く話してないし、電話で話すとか、正直……あれ？……あれー？憶えてる限り、ほとんどないって言うか、ほぼ……じゃなくて、わ、全然ないや。すげー。ビックリしたー」

「何言ってるのよもう。緊急事態だからビックリしたとか言ってないで何とかしてよ。あとすげーとか言わないで」

「言わないで欲しいこと多いなー」

「当たり前でしょ。ともかく話してみてよ」

「久しぶりの会話が離婚かー。まだしてないんだよね？　離婚」

「するって言ってるだけ。でも時間ないかもしれないから」

「ふーん。それいつの話？　お姉ちゃんがそんなこと言い出したの」

「十日くらい前だったかな〜」

「十日？　結構前だね。何でもっと早く教えてくれなかったの？」

「やーだってあんたはお姉ちゃんから話いろいろ聞いてるだろうと思って」

？　それ十日間も私に相談なかった理由になってる？　「私のこと忘れてただけでしょ」

「……もう、そんなことも言わないで」

「言い方の問題じゃないよね」

「なんであんたはそんなふうにつっかかってくんの」

「つっかかってないよ。普通に思ったことを確かめてるだけで」

「もう。お姉ちゃんの話だったのにすっかりあんたの話に持ってっちゃうんだから」

「は？……まあいいや、お姉ちゃんの話に戻そうよ、じゃあ」

「とにかくお姉ちゃんのこと、知らないならちょっと聞いておいて。私たちじゃよく話が判らないから」

「何て言ってるの？ところで」

「友樹さんが、愛の真実に目覚めたって言ってるのが気に入らないらしいの」

「え？浮気してるんじゃないのそれ」

「違うのよそれが」

「でも誰か別の人のこと好きになったんでしょ？」

「そういうことじゃなくて、相変わらずお姉ちゃんのことが好きらしいんだけど、その愛情が本物だっていうことをお姉ちゃんに伝えたら、お姉ちゃんがへそを曲げたらしくって……」

「はあ？……全く意味が判んない。友樹さん可哀想じゃん」

「でしょ。私たちんとこにも電話してきてお姉ちゃんが来たら連絡くれって言って、ん泣ーいてたわよ」

「浮気はしてないって？」

「してないしてないって。本当かどうかまでは判んないけど、お姉ちゃんもそんな話してなかったからねえ」

「……え？つまり今お姉ちゃんどこにいんの？」

「友達のとこみたい。大学のときの友達の何とかさんっていたじゃない」

姉は友達の多い人だったからそんな簡単にピンと来ない。誰だって《何とかさん》じゃないか……と思ってたのに一発で当ててしまう。

「軍曹?……時田さんって人じゃなくて?」

「えっ、凄い。当たり」

「マジで?全然根拠ないんだけど」

「やっぱ姉妹だねえ」

「やそういうのいいから」

「なんでよ。通じ合ってるじゃない」

「時田さんって福井の人になったんじゃなかったっけ?結婚して」

「あ、そう言えばお姉ちゃんが福井で結婚式出るって出かけてったことあったよね」

「あった。え?あれ、じゃあ今お姉ちゃんもそっちにいるってこと?」

「そうなるのかな。あれ、福井ってどこだっけ」

「……つか、新婚さんのとこに……ってこともないか、もう。あれ?五年くらい前じゃん。結構経ってるね」

「新婚さんじゃなくても凄いご迷惑おかけしてるんじゃない?お子さんだっているかもしれないもんね」

「さすがにそんなとこに十日もお邪魔したりしないと思うけど……」と言いながらも
友達の家に《転がり込む》も《音沙汰なし》も普段の姉からは想像できないのだ。

あれ？

私は思い出す。「軍曹、同居してんじゃなかったっけ？旦那の親と」

「ええ〜？そんな、お姉ちゃんそんなところに上がり込んだりしないでしょ……」

「という声がどんどん小さくなってるじゃん」

「ええ〜？」

と当惑する母親の声を聴くことで私は自分のそれを沈静化しようとしている。

良くない。

「つか、じゃあともかく私確かめてみるから」

今何時だ？

午後九時三十四分。土曜日。この緊急時ならばＯＫだろう。

「友樹さんに連絡してみる」

すると母親が言う。

「うーん。でもあんたが顔突っ込むとお姉ちゃんが……」

うん？

「お姉ちゃんが何？」

「うーん。まあ、姉妹だし、心配で当然だよね。ちょっと何か判ったら教えてね」

「……うん」

「でもあんまり無理にいろいろ聞き出そうとしたり……」

「しないしない。正直私そんなに興味ないって言うか、よく考えたら棚ちゃんが離婚しようとしまいとどうでもいい」

「またそんなこと言う」

「だって本当だもん。そもそも棚ちゃんの離婚で心配してるのはお母さんでしょ？お母さんが訊けばいいじゃんね、判んないことがあるんだったら」

「親がこういうところに口を出し始めると……」

「じゃあもう放っておくしかないじゃん。大人なんだし、考えはあるでしょ。棚ちゃんだしさ」

「でも全然あの子の言ってることの意味判らないんだもの」

愛の真実。

まあ確かに。

電話を切るが、友樹さんに連絡するのが何だか面倒になって放っておいてしまう。

何度か母親から「どうだった？」って確認の電話があるけど「あーまだ訊いてない」で終わらせる。私なんかが顔を突っ込むとお姉ちゃんが……みたいなことは言わない。

時田晴(はる)ちゃんが軍曹と呼ばれるのは兵隊みたいに規律正しいとか厳しいとか「でんでで〜れでで〜れで〜れ・でんでで〜れで〜♪」的な何かが口をつくとかじゃなくて、実際に陸上自衛官として五年目に二等陸曹になったことがあるからで、二等陸曹は一般的階級では《軍曹》に当たる。実際昇進するまでのあだ名は《伍長》だった。入隊してからしばらくはメールとかで自ら《時田三等兵》って名乗ってて、それを三年目に《伍長》に正したのが姉だった。

晴ちゃんは《三等兵》でいいよとか言ってたみたいだけど姉は「そういう謙遜で気軽に付き合ってもらおうみたいなのよりも、ちゃんと実際の階級で呼んでもらった方がいいんじゃない？立派な仕事なんだし、晴も頑張ってんでしょ？」と言って説得したらしい。

姉の棚子(たなこ)は、穏やかな口調ながら、押さえ込んだり無理強いするんじゃなくて相手になるほどと思わせるのが得意で、何と言うか、その状況にあるスジとか理屈で最も正しげなものを見つける術に長けてた。

「あー……私ね、そういうの得意なところ、あるよね」

と本人も言って笑ったりする。

私が思うに、それが棚子の本質だ。

良きものか？

判らない。

でも誰かを納得させる力があるということは、実際に正しいことを言っているのかその力のせいで相手を言わば丸め込んでしまったのか判らない、と棚子自身を迷わせたりするみたいだった。あるいは、そうやって一応迷ってるそぶりをしておいてるのかもしれないけど。

駄目だ。

私はどうしても棚子が信用できない。

処世術みたいなのが上手すぎて自然でそつが無さすぎて、こんな人いるのかよ？って気持ちが振り払いきれない。

振る舞いや言動の如才なさだけでなく、美人で服のセンスも良くて友達もいっぱいいて、でも変な人がいないし皆親切で有能で余裕があって、何故かどの人もその人なりに綺麗だし話が面白い。率直さだって正直さだってあるみたいだ。

どうなってんの？って感じ。正直。《完璧》って天体のさらに惑星直列、みたいなのが、どうやら姉を中心に起こってる。

そしてそれが類友集めました、ってことじゃなくて、普通に不完全さを持ってた人たちだって棚子と付き合ってくうちに棚子化していくのだ。ゆっくりと時間をかけて、ニコニコしながら知らないうちに矯正されていく女性たち。その女性と付き合う男性たち。

奇跡だ。奇跡だよ？その通り。でも失敗とか間違いとかが起こらないなんてやっぱり不自然だ。ないほうがいいことでも、あるはずのことはあるべきなのだ。

私もずっと棚子の影響下で、一緒にいると物事はスムーズに進むし、より高い次元の成功をもって結果を出すようになる。勉強ができるようになる。何故かスポーツも上手くなる。お喋りまで上達して友達が増える。友達から盛り立てられるようになる。こちらの自信も出てくる。いつの間にか私はクラスの姫のようになっている。それが当たり前のように振る舞っていて問題が生まれない。威張るわけでも何かを独り占めするわけでも優先されることを求めるわけでもないから、衝突が起きない。

でも私は私。

小学校のクラスメートには感じなかった競争心を姉に感じる。

言葉にすると幼稚すぎて目眩がしそうなくらいだけど、《いかにすれば棚子よりも私の方が素敵な子だと認めてもらえるだろうか》という設問が自分の中に起こる。

そこで初めて悟る。

棚子の真似をして生きているのに、棚子以上なんて何をどうしていいのかさっぱり判らない。


それでさらに気付く。

あれ？

そうなのか。

私は棚子の真似をしてたんだ。

そう言えばそうかも、といろいろほどけていく。

棚子ならこう言うだろう。言い方もこんなふうだろう。棚子ならこれを選ぶだろう。選んだ理由をこう説明するだろう。棚子なら相手の失敗をこうフォローするだろう。これくらいの程度のペナルティをあげておけばいいだろう……。

棚子なら棚子なら棚子なら。

そうだ。

私はいろいろ考えていたつもりだったけど、全て棚子の思考をなぞっただけで実際には頭を使ってはいなかったのだ。身のこなしなんて完全にモノマネだ。話すときの仕草や表情、感情表現の方向性とタイミング、着てる服に食べるものに持ち物、読んでる本までほとんど全て棚子の完コピだった。姉妹だから似てて当然、って思い込みの中で私は私らしさみたいなものを、それがどんなものなのか想像できないほど失っていたのだ。

楽じゃない道を選べる性格で良かった。

自分がそもそもどんな女の子か判らなかったので、ともかく全部壊した。方針は簡単だ。正しいこと、ふさわしいこと、こうしておいたほうがいいよ、という類いのことを全てやめたのだ。

「扉子がグレた」と父親が言って笑ったけど、自分探ししてるんだ、と言い返すのが格好悪いのを知っていたのでやめておく。

でもそういうときに笑ってくれる父親で良かった。

母親は何でも深刻ぶろうとする。

深刻さというものを、事態そのものの評価じゃなくて自分の価値観や世界観との対比で決めてしまうタイプの人間。おたおたしてみせるばかりで何の解決もできないし、そういうときに心配してみせることが唯一の愛情表現の人。

そんな母親のことをどうでもいい、と思えることに私が気付いて、私の《私》が始まったような気がする。

もの凄いゼロに近い部分からだけど、微かな、《相手にする必要がない人がいる》という引き算の発見から、私はともかく自分を積み上げていく。

それが正しいかどうかの確認抜きでやれたことが正しさの表れじゃないだろうか？

そんな私の一連の小騒ぎに姉の反応は？

「何だか判んないけど、もっと上手く、器用にやればいいのに」

「そういうのが嫌で頑張ってんの！」

と咄嗟に言い返しながらも、えっ、と私は驚いている。

その寸前まで、私は棚子が棚子らしく生きることに自覚的だとは思ってなかったのだ。生まれ持った棚子らしさのまま生きてるだけだと信じていたのだ。

十一歳だったにしても……ああ何というナイーブさ。

友達を切り離し、学校を休み、街を徘徊し、私は頑張っていた。でもまだちゃんと頭が働ききってなかったわけだ。

棚子の《棚子》は棚子による手作りだったのだ……！

「ふうん……」と十三歳の棚子が言って、少し笑う。「でもさ、トビちゃんがどこに向かっていくのか判んないけど、それってちゃんとトビちゃんが選んだことなのかな？……私への反発から来てることじゃなくて？」

私は絶句してしまって返す言葉がない。

棚子が続ける。

「でもさ、もしそれが反発だったとしても、それでいいと思うよ？私たち家族だし、どうしてもそういう影響っていうか、壁みたいになったり鏡みたいになったり、いろいろあるのは個性のうちだと思う。あんまり考えすぎなくて大丈夫だよ」

言ってる意味がそのときは判らなくて

「棚ちゃんがいなければもっと楽だったのに」

と私は言ったけれど、棚子はその言い草にもショックを受けたふうではなくて
「私じゃなくても別の誰かだよ」

と言うだけだった。

今なら言ってたことの意味が全部判る。

棚子は優しい。

そのときの一連の台詞(せりふ)は棚子がうっかり漏(も)らした本音などではなく、阿呆な私の行く末のために残した金言?のようなものだったのだ。


他人を遠ざけることをコミュニケーションの主旨としながら小五の後半、小六全部、中一から中二までを過ごし、中三になって須貝尚也(すがいなおや)と出会う。進学やクラス替えごとに孤立に成功し続けてる私はその勢いで苛(いじ)められてもう五年選手になっていて、本当に久しぶりにできた友達だった。でもどうやって親しくなったのか全然憶えていない。どうして尚也を遠ざけきれなかったのかも判らない。

尚也も記憶にないらしい。

「どうでもいいじゃん。てか扉、自分がどう見えるかとか自分がどうしてこうなのかとか、自分自分ばっかり気にしすぎなんだよ」

と心底面倒くさそうに言える尚也だからこそ私と友達になり、付き合うことになり、結婚することになったんだし、それが自然な流れで起こることになったんだろうと思う。

率直にいって私は自分自分の女だし、それはずっと変わらなかった。変わろうと思わなかったわけではないけれど変わろうと思うことが結局また自分への内なる視線を固定化することになってしまうのだった。で、いろいろあがいたりもしたけれど、諦めることにした。大学の頃くらいだったと思う。これは言わば持病なのだ、と思ったのだ。生まれもっての、みたいなやつだ。あの姉の妹として生まれてきて、そうならないというわけにはいかなかった気がするから。

病気なら、後はただ付き合い方を探り折り合いをつければいい。そう思うと、別に状況は変わらないけど、自分自分自分とひたすら唱え尽くそうとするような気分もどこにもいかないけど、生き方の方針が固まったという安心感はやはりあるのだった。

「できるだけ迷惑かけないからさ、これからも一緒にいてね」

と私が言って、尚也が
「迷惑かけられたからって別にいると思うよ」

と言い返してくれたので、それが二人の間でプロポーズみたいになった。

つまり私からの求婚で今の結婚生活につながったのだけど、そのことについてはどうでもいい。プロポーズについて特別こうあって欲しいという形もなかったから。

結婚式はやらなかった。姉を呼ばないわけにはいかないし、誰かの妻になるという儀式を姉の前で行うということに私の自分自分が耐えられそうになかった。

姉の結婚式では、その前にひと悶着あって、その内容については忘れたいです。

姉の結婚式は素晴らしかった。


母親がわざわざ友樹さんに電話して、姉のことを私に相談したけど連絡取ってるかどうか自分には把握できないから友樹さんから私に訊いてみて、などとトンチンカンを言ったらしくて友樹さんから初めて電話をもらう。

「すみませんわざわざ。でも夫婦のことに私なんかが顔……じゃなくて首を突っ込むのはマズいかなと思って、姉にはまだ何もコンタクトしてないんですよ」

「あ、そうなんだ。ごめんね気を遣わせて。ありがとう」

「棚ちゃん、今福井にいるんですよね」

「うん。友達んところにね」

「時田さんですよね」

「そうそう」

「でも時田さんところって旦那さんのご実家に同居中じゃなかったですか」

「うん……。でも田舎の方のおうちらしくて、その家の離れの方にお邪魔してるみたい」

「えーでもそれでも迷惑ですよね」

「うん。一応僕からも連絡入れてるし、ご挨拶もさせてもらって頭下げてきてはいるんだけどね、時田さんとご実家の方々に」

「あ、そうなんですか。もうでも二週間以上になってますよね」

「うん〜。そうなんだよね。……じゃあトビちゃん、タナから全く何の話も聞いてないってこと？だよね？」

「はい。なんか離婚するとか言ってるとか……」

「うん。そうなんだよね。困っちゃってさ」

「で、原因は何なんですか？……うちの母親が、何か理解できないみたいで」

「うーん。や、僕が悪いの」

「でも浮気とかじゃないんですよね？」

「違う違う。その逆って言うか……」

「……」

「うーん……」

「……ごめんなさい、《愛の真実》ですか？」

「え、あ、……うん、そう。お義母さんから聞いてるよね」

「はい。あ、いやでも何だか要領を得なくて。うちの母親には意味が判らないらしいんですよね。あの、凄い申し訳ないんですけど、何が起こったのかってお話ししてもらうことできます？」

「あ〜……や〜」

「もちろん無理にとは言わないんですけど」

「いえいえ。お恥ずかしいだけなので……えっとですね、えー……ちょっと話が回りくどくなるんだけど」

「大丈夫です」

で、友樹さんの実際回りくどい話が始まる。

友樹さんの勤める金融機関は費用を無負担で英会話教室に通わせてくれる。友樹さんはそこに通いながら英字新聞や海外ニュースを見ている。最近はネットでTED(Technology Entertainment Design)ってサイトで多様な分野の講演動画を視聴している。約十分ほどのプレゼンがメインで手頃だし、個人的経験から進歩的科学技術についての報告まで話題が豊富で新しい単語や言い回しの勉強になるから気に入ったらしい。そこで先日アメリカの社会心理学者ダン(Daniel)・ギルバート(Gilbert)の『私たちが幸せを感じる理由(The Surprising Science of Happiness)』と題されたスピーチを見た。ダン・ギルバートが言うには、幸せは見つけるものではなく、作り出すものなのだ。実際のアンケート結果をグラフで見せていく。それらによれば、端から見たら不幸な人も、幸福の絶頂期にいるようにしか見えない人も、本人たちが感じている幸福感はそれほど変わらない。冤罪(えんざい)で何十年も無駄にしようが、汚職で全てのキャリアをパーにしようが、ビートルズから脱退しようが、結論としては自分の人生は素晴らしいもので、他者から見える不幸的な出来事、あるいは起こったことは、自分にとって良かったことなのだ、とする証言も提出される。幸福度を測る際の他者としての一般的な感覚と本人の実感のズレは、人間が自らの世界観や価値観を変容させ、人工的幸福感を作りだしているからだ、として実験がなされる。第一の実験。モネの絵を六枚並べ、好きな順番に並べ替えてもらう。そのうち三番目か四番目のどちらかを選ばせ、プレゼントする。大抵の人間はより好みに近い三番目の絵を選ぶ。その後しばらく時間をおいてもう一度六枚を並べ替えさせる。すると三番目だった絵の順位は上昇する。この結果を踏まえ、同じ実験を前向性健忘症患者に行う。自分の選んだ順番も絵をもらったことも憶えていない人たちが同じ結果を出してくる。つまり三番目の絵の順位上昇は《自分のもの》として所有しているからではなく、《自分のもの》となったことが絵の好みそのものを変えたという訳だ。第二の実験。学生をふたグループに分け、それぞれに写真を撮らせ、ベストショットを二枚選ばせる。その二枚のうち一枚を手元に残し、もう一枚を教授が取り上げる。ただし、片方のグループには、希望すれば手元の一枚と交換する、と言い伝える。すると手元に残した写真への愛着は交換の可能性がない方が高く、そうでないほうが低かった。第三の実験。学生たちに同じ授業から二つのコースを選ばせるのだが、片方のコースには変更権を与える。すると三分の二の学生たちは変更権のあるコースを選んでしまう。つまり、人間は迷いがちな生き物なのだ。だが迷う余地のない場合、ともかく自分の行った選択をより肯定的に捉える傾向にある……。

「でね、僕は思ったんだ」と友樹さんが言う。「恋愛とか結婚の秘訣もこれだな、って。や、秘訣と言うか、謎が解けたって言うか……。あの、棚子って、凄く綺麗で、聡明で、人当たりも良くて、ほぼ完璧な人間なんだよね、僕にとって」

「……そう思う人は多いですよ」

「だよね。で、そんな彼女と僕は付き合うことができて、結婚までいって、仲良く暮らすことができて、こんなに幸せなことはないなと思ったんです」

「………」

「いや、妹さんの立場からだとよく判らないって言うか、どうでもいい話かもしれないけど」

「や、私の反応のことはいいんで、話続けてください」

「うん。でさ、これまたベタな話なんだけど、こんなふうな幸運が舞い降りるなんて俺って本当にラッキーだ、この出会いは運命だ、みたいなことを思ってたんだよね。ラッキーと運命と並べると相矛盾するようにも感じるけどさ」

「………」

「でさ実際他の友達とかからもそんなふうに言われたりするのよ。お前はついてる、こんなこと他には起こらないし、人生の運を使い果たしたくらいだ、棚子ちゃんみたいな子は探したって絶対にいない、芸能界だって同じくらい綺麗な子はいたとしても、あんな性格のいい子はいない、みたいなさ」

「……………」

「聞いてる?あはは」

「……聞いてますよ。先を続けてください」

「あははは。でさ、でもさ、他の奴らも彼女とか奥さんできるでしょ?そんで皆、それぞれに楽しそうに幸せそうにやってるじゃん?そういうの見ててさ、僕は、本当に、本当〰〰に酷いって言うか、軽蔑されても仕方のない話なんだけど、ごめんね?皆のそういうの、……うーん、実際に声に出して言うのはかなりキツいんだけど、妥協の産物だと思ってたわけ」

「あ〰〰〰」

「あ、そういうの判る?」

「違います。何となく話のスジが見えたかなと思って」

「あ、そう?」

「でもそのまま続けてください」

「え。うーん。まあ、でもここで最低な俺のまま話終わらすのもあれだから進めるけど、でね?さっきのTEDのプレゼン見ながら思ったのは、この世のカップルの幸福度とか恋愛度も、同じことかなと」

「はいはい」

「そういう話のスジ。人は自分の選んだもの、取り替えのきかないものを肯定的に捉えるようになる」

「自分のものだから、じゃなくて、自分のものになった瞬間に、世界観と価値観を変えて、ってことですね」

「そうそう!そうそうそうそう!結婚相手ってまさしく取り替えのきかないものでしょ?だからこそ、幸福度も恋愛度も上昇して、ひょっとしたらその度合いは僕の幸せや愛情と同じくらいなんじゃないかな、と。皆俺……僕と同じように、この出会いはもの凄くラッキーで、運命的なものなんだと信じてるんじゃないかな、って、何となく具体的に想像ができたんだよね」

「なるほど」

「そんでさ、俺的に最も大事なポイントはね、それが理解できてホッとした……って言うとまた嫌らしい感じなんだけど、なんか、しみじみと良かった、と思ったんだよね。僕さ、これを言うとまた図々しく聞こえるんだけど、棚子ちゃんみたいな子と付き合ってて、俺みたいな奴が、とか、分不相応な気持ちがあって、何と言うか罪悪感みたいなのもずっとあったんだよね。……さらに言うと、極悪なんだけどさ、俺だけ幸せですみません、っていうよな、ね。ホントごめんだけど。そういうのがさ、そのスピーチでぜーんぶ吹き飛んだんだ」

「へえ……」

「うん。で、正直な話をさらに進めるとさ、俺はね、あー。……まあ単純な話なんだけど、自分が棚子ちゃんに愛されてるっていう確信が持てなかったんだよね。と言うか、どうして自分が選ばれたのか、よく判らないし、本人にそれを直接訊いても困らせるだけだろうし訊けなくて、だからずっと、俺なんかで妥協して良かったのかな、棚子ちゃんの幸せはもっと他にあるんじゃないかなと思ってたの。でもさ、あのスピーチ聞いて他のカップルの幸せを信じられたのを踏まえて翻って考えて、やっぱさ、すんごく信じがたいことだけど、同じように彼女も幸せだし愛情を持ってくれてるんじゃないかなと思えたんだよね」

「……」

「うん。そういうこと」

としみじみ頷く友樹さんに私は確認する。

「終わりですか？」

「え？うん。そう思えて良かったなって」

「で、それを棚ちゃんに伝えたんですか？」

「うん。良かったなーと思って」

「へえ……。で、棚ちゃんが怒ったんですか？」

「あ、そうそう。そうなんだよね。それが本気で意味不明でさ。いや想像はできるって言うか、やっぱ他のカップルのこと見下してたように捉えられて、それが軽蔑されたんじゃないかなーって……」

「え？本当にそうだと思うんですか？」

「……や、他にもあるよ？え？あれ、トビちゃんも何か思うところある？やっぱ、この話」

「まあ私の感想はいいですから、友樹さんの考えを教えてくださいよ」

「うん……。あのさ、やっぱこういう話をする俺って、だらしないよね？」

「………」

「だらしないと思うんだよね、俺自身も。でもさ、罪悪感とか気後れとかあるのよやっぱり。棚子ちゃんのそばにいるとさ。でもさ、結婚までしておいてそんなことじゃ駄目だと思うし、そういう意味で呆れられたんじゃないかと思うんだよね。怒るよりも、うんざりしたんじゃないかなあ……」

「……」

「で、終わりですか?」

「終わりかな?うーん。判らない。棚子ちゃんがいなくなったショックで、頭がほとんど働かないんだよね」

「仕事大丈夫ですか?」

「大丈夫じゃないねえ」

「ですよね」

「棚子ちゃんを迎えに行くときには、こんな俺じゃ駄目なんだと思うんだよ。だから俺……」

これ私どこまで付き合わなきゃなんないんだろう?と思った瞬間に電話を切っている。なんだか懐かしい。十代のコミュ断時代を思い出す。と同時に、私こんな感じだったんだ、そりゃ苛められたりもするよな、と十年ぶりに納得する。

「はは」

するとリヴィングにいてソファで小説を読んでいた尚也が訊く。

「何笑ってんの。棚子ちゃん帰ってきた？」

「あ、あはは。いや全然。友樹さんがもの凄い変だったから」

「大変な人を笑っちゃ駄目だよ」

「友樹さんを笑ったんじゃなくて、鬱陶しくて電話切っちゃった自分のこと笑ったの。駄目だなあ、私」

「ああ。自虐か」

「あはは。うん……」

家族のトラブル真っ最中にまた自分のことに自分を引き込んでる。いけないね、と顔をあげたときに尚也が言う。

「俺、福井って行ったことない。行ってみるなら付き合うよ？」

「え？福井に行くの？実際に？」

「扉が行くならね」

「でも仕事は？」

「土日で帰ってくればいいじゃん。帰れなくても会社は休むことだってできるし。少なくとも俺はね」

「えー……？でもこれって私たちが福井に行ったりまでしなきゃいけないこと？」

「いけないかどうかは判らないけど、そうしたいかどうかじゃない？」

「そうしたいかな、私……」

「さっき何か言いかけてなかった？」

「え？いつ？」

「自虐？の後」

「あ」。なんか飛んじゃってた。「あー。や、うーん。……友樹さんの電話勝手に切っちゃったから、罪滅ぼしに……」

「お姉ちゃんとこ行こうかなと思ったんでしょ？」

「うぇ。判る？」

「付き合い長いから」

「わー。凄い」

「それにそもそも扉って心情読みにくい人間じゃないよ」

「……そうですか」

気持ちが反発しないのは、言ってることが私にも何となく判るから。自分自分言ってる程度の人間の心なんて、浅いのだ。

自分のことってのは一番手前、目の前のことだし、将棋でもオセロでも、次の一手のことだけ考えてるうちは弱いどころか全然相手にならない。


福井に行くことにして、まずは福井がどこかを調べる。パソコンで『福井』を検索。乗り換え案内で行き方を確認。福井駅まで調布の家から四時間だ。

それから姉に電話をかけようとして、ようやく友樹さんが言っていた内容について思い出し、携帯を置いて考える。

愛の真実。

それって真実なんだろうか？

私は尚也を誘い、そのＴＥＤとやらの動画を探して見てみる。友樹さんが言ってた通りの内容だ。そして友樹さんの話を聞いていたときにもそうだったけど、ああ、人間の心って確かにそんな感じかもねえ、と思う。前向性健忘症患者の実験結果には少し驚くけど、ほとんどは極自然に受け入れられる話なんじゃないか？

「なるほど、って感じじゃない？」

と私が訊くと尚也が言う。

「俺と扉が出会ったこと運命的だなとか思ったことある？」

「え？ないなー」

「俺もない。なんとなく、みたいな曖昧(あいまい)な感じでもなかったと思うけど、自然ではあったよな」

「だねー。つか私選択肢全くなかったし。尚也以外なんかありえなかったかもなー」

「でもそんなの判んないよな。過去のことだから確認しようがないし、二股かけてる奴とか誰かに並行して言いよられてるとかそういうことないと選択肢みたいにならなくない？」

「あー。……尚也って私のこと、選んだ？」

「え？いやだから、自然だったから……」

「私は選んだよ。この人がいい、と思ってたもん」

「え、あ、そう？」

「……………」

「いやそんな待たれても言葉変わんないよ？自然と付き合うことになったけど、選ぶみたいな感覚はなかったな」

「それって流されたってこと？」

「そこまで受動的じゃないけど、流れに乗ってはいたよ」

「あ、じゃあ、その流れから降りようかなはあった？」

「あーそれもないかな。ないね。考えもしなかったよ」

「一途だってことかな」

「二がなかったから一かどうかも判んないな」

「なーんだそれ。私以外にもてない人じゃないよね尚也」

「それもどうか知らないな……。なんか俺この手の会話の張り合いのある相手じゃないよな」

「だねえ。でも尚也ってもてない人じゃないよね」

「だから知らないって」

「知らないふりしてるんでしょ？」

「ある程度はね。面倒だから」

「認めた！」

「生きてりゃ何故か自分のことを気にかけてくれる人は出てくるもんじゃない？誰だって」

「そうかなあ」

「扉だってそうでしょ。もてないなんてことはないんだから」

「もてるっていうか、気にかけられることはあるっぽいけど好かれる感じじゃないよね私」

「うーん。まあそれなりに深入りしないとねえ、人のこと好きになるには」

「私、バリアって言うか、空気の力士が突っ張りかますから」

「ふ」

「この人しかいない、って私に対して、思う？」

「あー。どうかなあ……」

「あはは！ちょっとあのさあ、さすがにここは即座にうんって頷くとこでしょ。どんだけ設問に対して真面目なのよ」

「いや……」

「考えたことがないから、でしょ」

「そう」

「あはは」

「まあもう扉は俺の奥さんなんだし、俺はもう旦那だし、これ以上考えることなんかないでしょ」

「まあね。考える余地を残すことが幸せとか愛情を減らすことだって言ってるんだもんね、さっきの動画」

「河原(かわはら)って、俺の友達いるじゃん、大学の。セヴンシーズに勤めてる」

「はいはい。河原くん」

「あいつが離婚三回して結婚四回してるのって、そういうことかね？あいつが他の選択の余地を残してるから、結局そのせいで幸せ度を制限してて、それが離婚につながってる？」

「あー。はは。それは確かに言えるんじゃない？指摘してあげなよ」

「あはは。さすがにプライベートな部分すぎるでしょ。どんだけ干渉すんだよ俺」

「友達の範囲じゃない？」

「まあどっかで会ったときに、そういう可能性も考えられるかもよ、くらいにほのめかすくらいかな」

「びしっと言ってもいいじゃん」

「や、……やっぱ駄目でしょ。だってそれって生き方とか生き様じゃん。本人が選んでやってることなんだし、本人以外にそれ変えられないでしょ。河原に会ったとしてもほのめかしもなしだな、基本」

「幸せ度の話なんだし、友達が幸せなほうがいいじゃん」

「幸せ探しの話なんだし、追い求めるのを放っておくしかないとも言えるでしょ。他にもいい人いるかも、って思ってる奴にこの動画の話しても、今いる相手で満足しておけ、可能性を諦めろ、みたいなふうにしか聞こえなかったりするんじゃない？」

「うーん……そうかなー」

「や、まあ奥さんとか子供とかはやっぱり可哀想か。本人は良くても」

「あ、そうだよ。旦那の気持ちが落ち着かないせいで離婚したとしたら、奥さんとか子供には責任ないじゃん」

「まあねえ……」

「じゃあ河原くんに今度会ったらこの動画の話、上手くしてみてよ」

「憶えてたらね」

「幸せ左右する話かもしんないんだから、憶えてたらじゃなくて、憶えてよ」

「うーん。まあ了解了解」

「私が電話しようかな」

「あはは。とんでもないな」

「いひひ」

もちろん電話したりしない。

善意であっても、そして今回のことに限らずその内容が事実相手のためになるとしても、できることには限りがある。それが例えば絶対に誰かを幸せにすると決まってる行動であっても、能動的に動くというのは大変な手間なのだ。

人は善行であれ何であれ、できる範囲でしかできない。

福井に行くのは、姉が私にとってそれくらい特別ってことか。

そう考えるとまた気持ちが萎え始めるのでやめておく。


母親から話を聞いて、それから二週間が経って、友樹さんからも親からも何の続報もなく、それで私はようやく姉に電話をする。

「あートビちゃん。久しぶり」

「うん。元気?」

「元気だよ。ごめんね連絡しなくて」

「うん」

「話聞いてるんでしょ? ダン・ギルバートのプレゼン」

「聞いたよ」

「どう思う?」

「あーちょっと待って。その話の前に、棚ちゃん今福井?」

「そうだよ。晴のとこ」

「えーもう結構そこにお邪魔してない?」

「してるよね。もう二十日くらいいるもん」

「何してんの」

「お世話になってるだけ。ひたすら」

「いやそれまずいじゃん。お礼とかどうしてるの?」

「お礼とお詫びかねてお金渡してるのと、息子くんのお世話させてもらってるよー」

「えーやっぱり軍曹んとこ子供までいるんじゃん。そんなとこに長居して、非常識じゃない?」

「常識的とは言えないね」

「じゃあ……」

「でもここでやることがあるから」

「はー？子供の世話なんて棚ちゃんいなくても普段からどうにかしてるでしょ？」

「俊くん三歳の世話ばっかじゃないよー。健吾さん玲子さん七十三歳の介護もお手伝いさせてもらってるから」

「えっ……!?」

「一昨年交通事故に遭ったんだって。町内会の旅行で、バスのもらい事故で、ここのご近所さん皆一斉に寝たきり状態」

「ちょっと……介護してるの？友達の？じゃないよね、友達の、旦那の親だよね。何してるのさ」

「や、お風呂に入れたりトイレ手伝ったり……」

「いや詳細を教えて欲しいんじゃなくて、なんでそんなことを棚ちゃんがしてるんだっての」

「できることさせてもらってるだけだよ」

「大変じゃん」

「まあね。でもある意味やりがいあるよ。介護士の人たちの熱意って判るな。どんな仕事でもそうだけど、技術を鍛錬するのって楽しいよね」

「いやもう……頭痛くなってきた」

実際痛い。頭皮が全体的に突っ張るような硬くなるような感覚。

「あはは。まあビックリするよね。でもこちらからお願いしてさせてもらってることだから」

「笑い事じゃないし……。さすがにこの話お父さんとかお母さんにできないんだけど」

「していいし、しなくてもいいよ」

「ええ……？それって何？いい子ぶりっこみたいなこと？」

「私の得意な？ナチュラルにやってるからよく区別がつかないな」

「何普通に肯定してるの……」

「無理はしてないから大丈夫」

私は呼吸を整えながら考える。

いい子ぶりっこみたいなこと。

これってやはり、棚子がナチュラルにやってることなのだ。

喚きだしたいような踊りだしたいような気持ちを抑えて私は言う。

「棚ちゃんっていい子ぶりっこしてたんだ」

「してるよ？何？あれ……トビちゃんそこ気になるの？」

「だって、ぶりっこでしょ？」

「あはは、古いよね言葉が。まあそれはどうでもいいけど。今の言葉でどういうのか私も知らないし」

「……いや、どうでもいいよ確かに、言い回しは。でも、ぶりっこって」

「あのさ、トビちゃんまだ小学生のまんまみたいだから言うけど、別にそれは嘘をついてるとか誰かを騙してるとかじゃないよ。本来の私がこうなんだもん。それ以外の私なんてないからさ」

「え、いや、あるでしょ。もっと楽に生きられるような……」

「ないない。私が私らしくしてる以外のことだと私自身が辛いし耐えられないもん」

「私らしくって、人に気を遣わないとか、自然体ってことじゃないの？」

「だから私にとってはこれがそうなの。人に気を遣ってるんじゃないし、自然体でこうだから」

「それは……偽物の自分演じるのに慣れて、本物の自分忘れたってことじゃないの？」

「あはは。本物の自分って！　実際に振る舞ってる自分が常に本物の自分だよ。こうなりたいと思っててなれないんだったら、それは自分の中にしかない《理想の自分》だし、本当の私はこうなんだよなーとか思っててもそう振る舞えないなら、それは偽物の《自然体》なんだよ。だって自然って、今そこにあるもののことでしょ? 完全な気楽さ、みたいなイメージあるけど、人生で完全に誰にも何にも気を遣わなくていい気楽さなんてどこにもないんだから」

「……………」

「あのさ、ズバリ言葉にしちゃうけど、私はね、子供の頃からずっと、《理想の自分》を目指してきたよ。普通に。それも、自分の理想だけじゃなくて周りの人とか一般的な理想も組み込んでさ。でもそれ、褒められたいからとかじゃないよ。それが私にとって生きやすかったからなの。それが一番楽だし、自然だったの」

「……美人だったから?」

「あははは! まあそういう見た目も作用してたよね、当然」

「謙遜しないんだ」

「それが正直ってことでしょ? 姉妹なんだから平気だし、謙遜も見透かされたら単なる儀礼だよね。……ちなみにトビちゃん、自分も綺麗だって知ってるよね?」

「……あんまり気にしたことない」

「気にしないようにしてた、のとは違うの?」

「……………」

「違うとまでは言いにくいよね。そりゃ。面倒くさいからある程度までにしてる、とかはあっても、本当にどうでもいいと思ってるとしたら、どうでもよくないの裏返しだよ」

「あー……もういいや。そういう自分の捉え方的な話は」

「ふふ。だよね。こんなの子供っぽい話だもん」

そうなのか。

そして、私のこの《自分の捉え方とかどうでもいい》ってのもやはり《どうでもよくない》の裏返しなんだろうか？

そうなんだろう。

私はそういうところから全然逃れ切れていない。

……敷衍（ふえん）して言えば、逃げ切ろうとする態度が逃げ切れない原因になってるということになるわけか。

つまり私は自分自分って意識をしてしまう自分の性分をしょうがないと諦めた、本来の自分、自然体の自分を手に入れられない人生を受け入れた、それを《自然体になれた》、みたいに思っていたけれど、それ以前の自分だって、いくら苦しかったとしたって、本来的には《自然体の自分》だったということになるのか……？つまり私はずーっと《私》で、今の私も《今の私の状態》に過ぎないってことか……？

「トビちゃん？」

黙りこくってしまった私に棚ちゃんが声をかける。

電話中だった。

「あ、ごめん」

「ふふ。ごめんねこっちもいきなり。電話もらったのに変な話になっちゃったけど、トビちゃんは離婚の話聞きたいんだよね」

「いや聞きたいって言うか……」

「あはは。聞きたいわけじゃないか。本来なら聞いてもらいたいのが私であるべき問題だよね。じゃあ最初の質問に戻るけど、あの動画見たでしょ？ダン・ギルバートの」

「うん」

「どう思った？」

「や、普通にありえるっていうか、たぶん正しいよなって感じかな」

「うん。私もあのプレゼンの内容については文句があるわけじゃないから。当たり前だけど」

「でも、何かで怒ってるの？」

「うーん。怒ってるって言うか、ガッカリしてるの」

「友樹さんに？」

「私に」

「棚ちゃんに？棚ちゃん自身が？あー……」

「判る？」

「待って。当てる」

「クイズですか」

「うん」

「うんって」

「ふふ」

離婚したいと口にしている姉に向かって随分余裕だな妹よ、と私自身思うけど、なんとなく棚ちゃんの空気感に乗っかっている。

でも本当は深刻な事態なのだ。

ちゃんと考えねば。友樹さんと電話で話したときに私も感じたことがあるけど、それを口に出す前に、ちゃんと検証せねば。

あのプレゼンが直接の原因ではないにしても、あれがきっかけだ。『私たちが幸せを感じる理由』

幸せは見つけるものじゃなく作るもの。

そうだ。あれを踏まえて友樹さんは棚ちゃんに何て言ったんだっけ？

自分が棚子ちゃんに愛されてるっていう確信が持てなかったんだよね

と思ってたのに、

同じように彼女も幸せだし愛情を持ってくれてるんじゃないかなと思えたんだよね

と気持ちが変わったんだった。

友樹さんは

他のカップルのこと見下してたように捉えられて、それが軽蔑されたんじゃないかなーって

とか、

こういう話をする俺って、だらしないよね？

みたいなことを言ってたけど、それらは的外れなはずだ。友樹さんと話してるときもそう思ってたし、今もそう思う。

友樹さんは間違えている。

棚ちゃんは友樹さんじゃなくて棚ちゃんに怒っているんだ。その通り。

何故なら……単純なことだ。うん。やはり。

「結局あの動画の結論って、人はどんな状況であれ幸せを感じることができる、だもんね。棚ちゃんは虚（むな）しいって言うか、何なのって気分なんじゃない？……周りの人の感じてる幸せの話が自分にも返ってきてることに気付いてないもんね。だってその文脈だと友樹さんの幸せだって、友樹さんが作り出したものとか、棚ちゃんじゃなくても別に同じくらい幸せだったはずって言ってるようなもんだもんね。それに気が付いてないところが友樹さんのイマイチ無神経な部分かな」

すると棚ちゃんが言う。

「その通りだけど、人の夫のこと悪く言わないで」

電話が切れる。

私は焦らない。かけ直さない。私は携帯を握ったまま、座っていたソファの上に寝転ぶ。目をつぶる。ゆっくりと息を吐きながら、ナイーブな扉子ちゃんでもよくこのクイズに正解したねえと思う。どうしようもない棚ちゃんクイズ。当たっても何も得られない。電話が一方的に切られるだけ。

でも棚ちゃんがこんなふうに感情的になるのは初めてだったから、それが嬉しかった。ああ棚ちゃんもいつもいつも《完璧な棚ちゃん》でいるわけじゃないんだよね、私に対してだってこんなふうになるんじゃんね、というふうに。

友樹さんには連絡しない。母親にも。

尚也には、迷ったけど電話での顛末を伝える。

「ふうん、なんて言うか、まんまだね」

と尚也は言う。

「うん」

と私も言う。私にとってはそれなりに答えを言葉にまとめにくい問題ではあったのだけれど。尚也にとってもそうだったんじゃないんだろうか？答えを聞いたらそんなことか、と思うようなことでも、その答えを導きだすのに大変なことはたくさんある。コロンブスの卵。

「ねえ、何で棚ちゃんって棚子って名前なの？」

と唐突に尚也が訊く。

棚子と扉子の矢吹姉妹。

ちょっと変わった名前だから私も訊いたことがある。

「うちの名字って矢吹でしょ？矢も吹もはらいが多いじゃん？矢を吹くってピューッとしたイメージだし、だから何か硬くて重たいイメージの漢字を使いたかったんだって」

「ふうん」

「何で？」

「や、なんか凄い偶然だなと思って。シンクロニシティ……とは違う、何か別の形の」

「何のことよ」

「あのさ、トロフィーワイフって表現知ってる？」

「知らないけど……意味は判るかも。……勉強とか仕事とか頑張って、人生で成功したご褒美みたいにもらえるいい奥さんってこと？」

「あー……それはいい解釈だしそういう世界の住人でありたいけど、たぶん違ってて、男が自己顕示欲を満たすために結婚する相手のことだよ。人に自慢するための道具にされちゃう女の人。その女性の内面とか無視でね」

「へえ」

「棚ちゃんってそういうトロフィーワイフに自らなろうとしてるような感じない？」

「ええ？でもそういうのって、綺麗だけど中身がないとかそういう女の人のことじゃない？」

「そうとも限らないんだよ。女の人がどんな性格だろうがどれだけ才能があろうが、全部丸ごと無視してしまうことなんだよね。つまり、そういう男性を非難するためにあるような言葉だと思うんだけど。《あいつは奥さんをトロフィーワイフ扱いしててけしからん》みたいなさ」

「でも友樹さんそんなふうに棚ちゃんのこと見てるかな……」

「や、だからさ、友樹さんが実際に棚ちゃんのことをトロフィーワイフ扱いしてるってことじゃなくて、棚ちゃんのほうが自分を最高のトロフィーワイフとすべく振る舞ってるようなところがないかってこと」

「でも棚ちゃん見た目だけじゃなくて性格もいいよ」

「……うーん。こんなふうに言うと悪口みたいに聞こえるかもしれないけど、俺が思うに、性格も良さそうに振る舞ってるよね、意識的に、棚ちゃんて。そういうのを性格が良いと言うかどうかは微妙かな」

「……」

《完璧な棚ちゃん》を内面的にも演じてるってことね。はいはい。知ってます。

でも家族だからだろうか？私の中に反発心がある。

棚ちゃんが性格悪いみたいに言わないで欲しい、というような。

棚ちゃんのそういう部分が信用できないな、と思ってるのは私だって同じなのに人に言われると自動的に『そんなことない』と言いたくなるとは。

言えないけど。

尚也が言う。

「でも自分がどう見えてるかって視点がある人って多かれ少なかれそういう作られた自己像って持ってるもんだよね」

「じゃあさ、そういうのって、人に嘘をついてるってことなのかな？」

「悪意がなくて人に迷惑がかかってなければ、人生を上手く生きている、ってことになるんじゃないの？ありのままの自分をそのまま曝け出すことが必ずしも人の役に立つってわけじゃないし、道徳や礼儀に適うってことでもないと思う」

「あーじゃあ、棚ちゃんみたいなのってありだと思う？」

「だって人の生き方だもん。その人が選んでいくことだし、他人がどうこう言うことじゃないよね。そういう人が好きかどうかってだけで」

「好き？」

「凄いなと思うよ」

「どういう意味」

「徹底してるし、高い目標にちゃんと到達できてて、そういうのはやっぱり偉いな、と思うよね」

「でも嫌い？」

「嫌いじゃないよ。もちろん。扉のお姉ちゃんってことで自動的に好きだし」

「はは」

「まあ俺からの評価はどうでもいいじゃないの。今大変なのは友樹さんと棚ちゃんだろうし」

「私の夫からの評価は大事です。まあ確かに今はそんなことどうでもいいかもだけど。……棚ちゃん大変かな？」

「大変だよ。トロフィーワイフの話の続きだけど、俺が思うに棚ちゃんって自分がトロフィーワイフであることに自覚的だったからこそ、あのプレゼン内容に追い込まれたんでしょ」

「……追い込まれたってほど大げさな話なのかな」

「だって福井なんかで他人の親の介護してるんでしょ？」

「ああ……」

「今の棚ちゃんみたいな棚ちゃんじゃなくても良かったみたいな話、棚ちゃんは自分否定されたみたいに感じるんじゃない？なんかそんな短絡的な話棚ちゃんらしくないっちゃないけど、意外ならしくなさってのも、人にはあるものだろうしね。ともかくヤバいんじゃないかな、普通に」

「そうだね。……そういうことだね。私、友樹さんに、棚ちゃんに向かってあんな動画の話しちゃうなんて、愛情とか幸せの気持ちが、出どころ不明になっちゃうでしょ、くらいにしか思ってなかったけど……。だよね、もっと問題は大きいよね」

「うん。俺も扉と付き合いだしてから、扉のお姉ちゃんとしてしか棚ちゃんのこと知らないけど、棚ちゃん今、アイデンティティクライシス状態なんじゃないかな……」

私は棚ちゃんのことを考えてみる。

私のこととして。

それを簡単にできるのは、私と棚ちゃんは姉妹で、小五のときに姉のコピーから遠ざかろうと決意して以来いろいろ自分なりにあがいてきたけど、結局棚ちゃんからの距離感を保つために棚ちゃんをずっと見つめていたからだと思う。


調布駅から新宿に出て東京駅から新幹線に乗り、米原で特急に乗り換えて北上していくと福井に入る。象の横顔のような福井県の、鼻を昇っていくと牙の付け根で長いトンネルがあって、それを出ると西暁町で、その山あいの小さな町に軍曹が嫁いだ松本家がある。

土曜日の午前十時半に駅に降り立った私を軍曹が迎えに来てくれる。顔を合わせたのは軍曹と棚ちゃんが大学生のときにうちに遊びに来て以来だからもう七年くらい前だ。相変わらず綺麗で、なんとなく化粧や着てる服の感じが棚ちゃんの好みに似てる。これはでも、棚ちゃんと親しくしてる人たちに常に起こることだ。棚ちゃんとひと月近く同居してる軍曹は、棚ちゃんモードの服や化粧品を取り揃えるのが大変だったろうか？

「わーっ！トビちゃん久しぶりー！」

　と笑う軍曹に私は訊く。

「棚ちゃんは？」

「うちでトビちゃんのこと待ってるよー！」

「ふうん。軍曹、これから用事？」

「あ、そうなの。ごめんね。トビちゃん家に届けてから、私今日仕事なの」

「そうですか」と言ってから私は少し迷ったけど続ける。「棚ちゃんここで何してるんですか？」

「えっ……夫婦喧嘩中なんだよね？」

「東京ではそうですけど、ここでは何してるんですか？」

「うちの旦那の親の介護、手伝ってくれてるんだけど……。すっごく助かってるよ」

「あの、ごめんなさい、私がこんなふうに言うの筋違いってやつなんだろうけど、どうして棚ちゃんがそんなことしてるんですか？」

「それは棚ちゃんに聞いてあげて？……言っておくけど、介護、私が頼んだことじゃないよ？」

「そうだろうと思うんです。うちの姉が頼んだんでしょうけど……でも、姉が言い出したことだからって、他人の親の介護なんて……」

軍曹が早速気色ばむ。

「あのさ、何なの？全部棚ちゃんが言い出したことなんだよ？もう独立してるとは言え家族がひと月も人の家に世話になってて、それに感謝するでもなく謝るでもなく、まるで棚ちゃんのこと一方的にこき使ってるみたいな言い方しないでくれる？」

軍曹の言う通りで、私の話の持ち出し方は失礼だった。でも、言い回しの問題じゃないはずだ、と私は思う。

「家出してきた棚ちゃんを受け入れてくれたことはありがたいと思うけど、そんな相手に寝たきりの老人の介護、それも二人分も、任せたりする？」

「だからそれは棚ちゃんが言い出したことだって」

「うん。でも普通はお手伝いをちょっとやってもらうくらいだよね。でも……軍曹の、今から行く仕事って、いつ始めたの？」

「……そもそもさ、私だって旦那の親の介護なんてしなきゃいけないってわけじゃないよね？」

「それは家族の問題だよね。旦那さんと話し合って解決してよ。それに、質問に答えて。軍曹の今のその仕事って、いつ始めたの？」

「今月だよ？」

「棚ちゃんに寝たきりの家族の介護任せて、それで軍曹、外に仕事に出てるの？」

「だって棚ちゃんがやってくれてるんだもん。私の時間に余裕ができたから、せっかくだからお仕事してるの。サボってるんじゃなくて」

「棚ちゃんは家出してきてるんだよね？夫婦喧嘩で。それ軍曹も知ってるわけでしょ？つまり棚ちゃんはいっときこっちにお邪魔してるけど、ずっといるわけじゃないよね」

「でもひと月もいるじゃん。棚ちゃん自身まだいつ東京戻るか判らないって言ってるし」

「つまりこれからもずっと福井にいるって言ってるわけじゃないんだよね？なのにそんな人に家族の問題任せて、外で仕事始めたの？棚ちゃんがいなくなったらその仕事辞めるの？」

「棚ちゃんは急にここからいなくなったりしないよ。そういう無責任なことをする子じゃないもん」

「うん。でもじゃあ棚ちゃんがどうしても東京に戻らなきゃとなったとき、軍曹たち困るでしょ?軍曹だけじゃなくて、家族の皆が」

「そりゃ困るよ」

「つまりは、棚ちゃんが東京に戻りにくい状況を作っちゃってるじゃん」

「私たちが?違うでしょ棚ちゃん本人が、でしょ?棚ちゃんが決めたことだし、状況は棚ちゃんのおかげで変わっちゃってるんだから、そんな簡単に元には戻せないよ」

「だからだよ。棚ちゃんが言い出したからってそこに乗っかって、家族以外の人に任せるべきことじゃない大きな仕事を任せちゃってるってことだよ」

「だってうちにいる代わりにお手伝いしたいって言ってくれたんだよ?急に、そう?じゃあお願いねって言って任せたとかじゃなくて、最初は本当に少しだけ手伝ってもらってただけで、でも家出が長引きそうだし棚ちゃんがもっと頑張りたいって言うから、様子見て、じゃあ棚ちゃんが言うんだったらできる範囲でやってもらおうかなっていう話になったんであって……話の流れってものがあるんだから、何も知らないのに非難しないで」

「うん。そういう流れだったんだろうなと思うよ。でも軍曹だって知ってるでしょ?棚ちゃんって、場で求められてそうなこと、率先してやったり、それが自分が本当にやりたいことですみたいな顔するじゃん」

「……」

「軍曹も付き合い長いんだし、そういう棚ちゃんの感じ判るでしょ？」

「……トビちゃん、ここに何しに来たの？」

「棚ちゃんを東京に連れ戻そうと思って」

「はあ？今の話聞いてた？状況は棚ちゃんのせいでかなり変わっちゃってるから、急にいなくなられると困るんだってば！」

軍曹が大声になる。もうずっと軍曹の様子はおかしいが、私はさらにギョッとする。でもここで口ごもるわけにはいかない。

「うん。でもそれは本来は家族の問題だよ。棚ちゃんを責めるのは勝手だけど、そもそも棚ちゃんにそういう仕事を任せた落ち度は軍曹たちにもあるよ」

「ちょっと。勝手なこと言わないでよ！ホント困るんだから！」

「しょうがないじゃない。どうせいつかはこういう問題になったはずでしょ？」

「そんなことない。棚ちゃんがずっと好きなだけここにいてくれればいいって皆で話してたんだから」

「ごめんね。そういうふうな空気に持っていったのも棚ちゃん自身だろうけど、棚ちゃんには旦那さんがいるし、自宅は東京にあるの」

「棚ちゃん離婚する気だよ?そんなのもうなくなったも同然じゃん」

「離婚については私が棚ちゃんと一度ゆっくり話してみるから」

「ちょっと……ふざけないで!そんなことさせられないから!」

「そんなことって、家族が話し合うこと?それこそ妨害なんかできないはずだよね?」

「状況考えてよ!今棚ちゃんに勝手なことされたら困るんだよ!」

「家出した棚ちゃんが自宅に戻ることが勝手?」

「勝手じゃん!おじいちゃんとおばあちゃんどうすんの!」

「本来の姿に戻るしかないよ。棚ちゃん抜きの」

「だからそんなの酷いって」

「棚ちゃんを一方的に責められないの、軍曹だって判るでしょ?それに、棚ちゃんだって明日すぐにここから出てったりしないから」

「当たり前じゃん、そんな常識知らずじゃないもん棚ちゃんて」

「うん。でも他の家の介護を引き受けるなんてのは棚ちゃんの非常識さだと思う」

「だから責任とってもらわないとね」

「軍曹、棚ちゃんは旦那さんと喧嘩して福井まで来ちゃったんだよ。それを受け入れてくれたのは本当に棚ちゃんにとってありがたいことだったと思うけど、介護を任せるみたいなのは棚ちゃんのためにはなってないと思うし、本当に棚ちゃんのためを思ってたら任せたりしてないと思う」

「……………」

軍曹が睨みつける。

でも脅しや迫力でどうなるって話でもないはずだ。

真っ正面から見つめ合ううちに軍曹が一つ息をついてから言う。

「まあともかく棚ちゃんと話してみればいいよ。棚ちゃんはしっかりしてるし、私たちだって棚ちゃんといろいろ話してきて今こうなってるんだから」

「うん。私も基本的には棚ちゃんからもじっくり話を聞いて、棚ちゃんに決めてもらおうと思ってるから」

「じゃ、車乗って」

駅を出たすぐでギャーギャーやってたけれど、人はほとんど通らなかったし、車に乗って出発してからも通行人はいないし対向車もない。

「福井って初めて？」

とハンドルを握って大きな川を渡りながら軍曹が訊く。

「うん。北陸自体初めて」

「そうなんだ。昨日さ、同じ町内で、って言ってももっと山奥の集落でだけど、凄い大きな熊が出たんだって」

「えっ。へえ……」

「鉄砲で撃って、今皆で鍋の用意してるみたい」

「ええ？食べるの？」

「食べるんだよ。あれだったら仕事終わったら連れてってあげるよ。たぶんお裾分けしてもらえると思う」

「ううっ。どうかな……」

「美味しいらしいよ。私はまだ食べたことないけど」

「熊、食べるんだ……。凄いね」

「ね。それに、熊さばくのもそこの村の人なんだよ。それが凄いよ」

「わー……本当だね」

「私、自分の村で熊獲れちゃったときが怖いよ」

「ふふふ。それは確かに……もの凄いハードルがいきなり目の前にくるね」

「だよね。……ふふ、あははははは！」

「あはは！すっごい困りそう！あははははは！」

笑っているうちに県道を南に進んで三つくらい集落を越え、大きな神社の向かいにある家に辿り着く。

砂利を踏んで車が停まると、古い家の玄関の戸がガラガラと開いて棚ちゃんが出てくる。東京で暮らしてるのと同じふわふわのスカートを穿いた棚ちゃんで、田舎の光景には似合ってないはずなのに余り違和感がない。老人の介護を引き受けてるって感じにも見えない。

棚ちゃんマジックだ。空気感とか世界観まで自分に合わせて変えてしまう。

「トビちゃーん！よく来たね！」

「うん。でも棚ちゃん、ここ棚ちゃんのおうちじゃないから」

「あはは。知ってるよー。でも健吾さんと玲子さんにトビちゃんのこと紹介させてよ。俊くんも。軍曹、いい？」

軍曹もさっきの駅前でのやりとりがなかったみたいに柔らかく笑う。「うん。もちろん。私、仕事に遅れそうだから、棚ちゃんに後いろいろお願いしていい？」

「もちろん。いってらっしゃい」

「いってきます」と言って軍曹は私を見る。「トビちゃん、ごゆっくり。……棚ちゃんとゆっくり話してみて。お互いにこれからのこと。あと、急に物事の在り方を変えようとしないでね？ついていけない人も巻き込んでるからね」

私は頷く。「いってらっしゃい」

軍曹は運転席に乗ったままで窓から手を振り、そのまま出かける。

「あ、そう言えば軍曹って何の仕事してるの？」

「工業関係の翻訳と事務作業だって」

「へえ……」

「さ、入って。私のうちじゃないけど」

「うん。お邪魔させてもらうけど、ご挨拶だけさせてもらったら、ちょっと外で話さない？」

「うーん俊くんいるからなあ」

「おじいちゃんおばあちゃんに見ててもらってさ」

「ま、じゃあいろいろ用事すませてからね」

「うん」

それから私たちは時田晴ちゃんが嫁いだ松本さんちに入る。玄関の向こうは広い土間になっていて、一段高いところに座敷が広がっていて仏壇が見える。

「健吾さん玲子さ〜ん」と言いながら棚ちゃんが座敷に上がり、仏壇の前を横切って突き当たりの襖（ふすま）を開けるとベッドが二台並んでいて、そこにパジャマ姿だけど何となく品のいい老人夫婦が寝ている。

「初めまして。突然お邪魔してすみません。棚子がお世話になっております。妹の扉子です」

するど手前のベッドのおばあさんが言う。

「遠いところまでよう来なしたねえ。東京からおいでなさったんやろ？棚子さんには本当にお世話になってます。ほんっとうに……」

と言葉が途切れて、見るとおばあさんが泣き出している。

後ろのおじいさんも。ふたりともニコニコしたまま溢（あふ）れ出た涙を拭っている。

「ごめんなさいねえ」とおばあさんが言う。「棚子さんのこと、連れ戻しに来られたんやろう？長いことこんなとこにいてもろて、本当にごめんやで、棚子さん。もう帰ってもろていいんやで。うちらのことはうちでやるさけ」

「やーだ玲子さん、追い出さないでくださいよー」と棚ちゃんが言う。「私、ここにいたくていさせてもらってるんですから。それに、ここ出てっても帰るとこありませんし」

「こんなとこにいつまでもいて、知らんじいさんとばあさんの世話なんかして人生食いつぶさせてたらあかんよ」

「何言ってるんですか。玲子さんと健吾さんのお世話は楽しいし、こうやって一緒にいられるだけで嬉しいんですから」

「もうええんや。もうええんやで……」

と涙を拭うおばあさんの後ろでおじいさんは黙ったままで、ただニコニコ泣いていて、……それを見て、私は何故かぞっとする。

何だろう?

でも私はここが怖い。南側の縁側から日差しの差し込む明るい座敷で、畳の上には余計なものが落ちてなくて、天童木工ふうの感じのいいソファが置いてある、絵的には気持ちの良さそうな部屋なのに。

「あの、棚ちゃん、軍曹の息子くんは?」

と私はこの部屋を出たくて言う。

「あ、俊くんは、あっちで大人しくお絵描き中だよ。紹介するからおいでー」

棚ちゃんは泣いている老人二人を置いて座敷を出る。私も出ると、襖をそっと、しっかり閉めて「こっち」と私を先導する。座敷の隣に別の座敷があり、そこを九十度曲がって襖を開けると大きなダイニングテーブルを真ん中に置いた広いＬＤＫになっている。

古い田舎の家なのに、余計なものが置いてなくて隅々まで凄く綺麗に掃除されているし物が全て整頓（せいとん）されている。

東京の棚ちゃんと友樹さんの住むマンションみたいに。

「棚ちゃん、ここ、棚ちゃんが掃除してるの？」

とリヴィングを通り過ぎながら前を行く棚ちゃんに訊く。

「うん。軍曹と旦那くん忙しいからねー。それくらいさせてもらわないと」

「ふうん……。棚ちゃんと軍曹って、何年ぶり？」

「うん？どういう意味？」

「家出する前も頻繁（ひんぱん）に会ってた？」

「ううん？全然。五年ぶりだったかなー」

「だよね。五年前に結婚して、その結婚式以来とかじゃない？」

「うん。だねー」

「新婚だし、お子さんできたし、軍曹忙しかったはずだよね」

「まあねえ」

「じゃあ電話とかメール連絡は？」

「何で？」

「忙しかったから、できたかなと」

「あんまりなかったなあ」

「全然なかったんじゃない？」

「えー？あはは。何？トビちゃん。どうしたの？」

「……急に福井まで来て、五年ぶりの友達の自宅に住み着いて、旦那さんの親の面倒見て家事も一人で引き受けて……」

「まあね。迷惑かけちゃってるからー」

「そういうことじゃないよね」

そう言って私は立ち止まる。自分が止まらないと棚ちゃんは進み続けるだけだしこちらを振り返りもしない。

「……なあに？」

棚ちゃんが笑いながらこっちを見るが、……こんな顔してたっけ？

全然知らない人に見える。

「棚ちゃん、下手に出ながら人を支配してるんだね」

「何のこと？」

「この家の人を、自分のいいように操ってるってこと」

「えー？そんなことしてないよ。何で？」

「してるよ。私、判ったよ」

「何が？」

「あのおじいさんとおばあさんが泣いてたのって……」

「トビちゃんが私のこと迎えに来て、寂しくなっちゃったんでしょ。ひと月も一緒にいちゃったからさ」

「違うよ」と私は確信を持って言う。「あのおじいさんとおばあさんは、棚ちゃんがあの二人に泣いて欲しいから泣いてたんだよ。あの二人的には棚ちゃんに気を遣ってるつもりなのかもしれないけど、ああいう反応を棚ちゃんが強要してるんだよ」

「えー？強要って何？無理矢理ってこと？」

「うん」

「何で私がー」

「さすがに白々しいよ、棚ちゃん」

「…………」

「棚ちゃんが、相手の理想の中の《棚ちゃん》を演じてること私、知ってるよ。そんで……そういうふうに人の気持ちとつながることで、相手の気持ちを操作までできるんだね。なんて言うか……きっと、相手としては、自分が思う《理想の棚ちゃん》が言うこととかやることが、いつの間にか自分の理想とずれてても気付かないんだろうね」

「…………」

「あのさ、私がもう棚ちゃんのそういうとこ忘れてると思ったの？棚ちゃん自分でもずっと、わざわざ私に教えてくれてたじゃん。私、棚ちゃんのそういうの見たいわけじゃなかったけど見てきたし、……そういうのって悪いことだとまでは思ってなかったんだけど、やっぱり、……異常だよ、今やってることは、少なくとも」

「人を助けてることはあっても、困ってる人なんかいないでしょ？」

「……棚ちゃん判ってないの？」

「何が？」

「どうして軍曹が外に働きに出たのか」

「え？……私がこの家のことやってて余裕が出たからでしょ？」

「違うよ。棚ちゃんが支配してるこの家にいるのが嫌だからだよ」

「いや絶対違うよ。軍曹、私に感謝してくれてるし、働けるの嬉しいって言ってくれてるもん」

「それは棚ちゃんがそう言って欲しいからだよ。軍曹言わされてるだけ」

「何で？軍曹何か言ってた？」

「ううん？棚ちゃんがいてくれてありがたいって言ってたよ」

「はは。でしょ？そういうことだよ」

「軍曹自身気付いていないけど、棚ちゃんがそれ言わせてるんだよ。軍曹に……たぶん罪悪感与えて。遠隔操作みたいにして」

「あはは。私ってどんなに凄いことできるのよ」

「できるよ、棚ちゃんには。何しろそうやって生きてきたし年季が入ってるもんね」

「……」

「私、このリヴィングとダイニングに入ってきてやっと判った。この家、棚ちゃんに完全に乗っ取られてるよ」

「……家事やってるのが私だからそんなふうに感じるだけじゃない？」

「おかしいの、バレバレだよ。そういうの判らない棚ちゃんじゃなかったよね」

「……」

「たぶん、棚ちゃん、怒ってるんだね。怒りで目が見えなくなってる」

「そんなことない」

「なってるよ。私ですらも判るもん」

「何が？」

「福井の他人の家に上がり込んで、好き放題にしてる」

「だからー、それは……」

「息子くんは？軍曹の」

「あ」

「三歳だよね。ちょっと目、離しすぎじゃない？」

「トビちゃんが……ううん、ごめんなんでもない」

私のせいにしようとした。

棚ちゃんらしからぬ行為で、それはつまり私が棚ちゃんを焦らせてるからだ。

私は正しい。

棚ちゃんがキッチンの脇のドアを開けて奥の廊下を抜けていく。棚ちゃんの手は廊下はもちろん庭にも届いている。雑草が完全に抜かれた庭。隅っこに半透明のゴミ袋が真ん丸に膨らんで五つ置かれている。抜かれた雑草がゴミ袋五つ分もあるなんて。

「棚ちゃん、お庭綺麗にしたね」

と私が言うと、棚ちゃんは庭を見ず、こちらを振り返りもせず、

「軍曹と俊くんが頑張ってくれたの、今朝。トビちゃんが来るからって」

今朝⁉三歳の男の子も？

けど、そうか、だからまだゴミ袋が捨てられずに残ってるんだ。

「今まだ十一時前だよ、棚ちゃん。軍曹たち何時から草むしりしてたの」

「明るくなってからすぐだよ」

「……だよね」

咽が震えだして、そのひと言も絞り出すような感じになった。

「あの、……ぐん、軍曹の旦那さんは？」

「最近仕事が忙しいみたいで、毎日六時には出てっちゃうし帰りも深夜過ぎだね」

旦那さんもここにはいられなくなってるんだ、と私は確信する。でも三歳の息子がいるのに？子供を放っておいて、家に近づかないなんて……いや、近づけさせないなんて、か。それから私は棚ちゃんについていって軍曹の夫婦の寝室に入り、小さなテーブルで塗り絵をしている俊くんを見て、動けなくなる。

俊くんの姿勢の正しさと、机の上に整然と並べられたクレヨンと、どこにも色のは

み出しのない見事な塗絵帳。

俊くんはこっちを見ずに絵に集中している。

「俊くん、私の妹の扉子ちゃんだよ」

と棚ちゃんが言うとようやく手を止めて私を見る。

その光のない目を見て私は膝が震える。

「こんにちは」

と俊くんが言い、私は返事ができない。

「トビちゃん、どうしたの？」

私は棚ちゃんにも答えない。

私がすべきこととは何だろう？

「うん、上手に塗れてるね、俊くん」と棚ちゃんが塗り絵を覗き込んで言うと、俊くんは笑顔で棚ちゃんの顔を見上げていて、それは本当に嬉しそうに見えるけれども、私は俊くんの手がギュッとクレヨンを握っているのに気付く。左手は塗り絵の本をビタンと押さえたまま微動だにしない。

「俊くん、……絵なんて好きに描けばいいんだよ？少しくらいはみ出たって、塗り残しがあったっていいよ」

と私は思わず言う。

「駄目だよ」と即座に棚ちゃんが言う。「塗り絵なんだから綺麗に全部塗れてないと駄目でしょ」

俊くんが私をじっと見ている。この人は何を言ってるんだろうというふうに。

「いいんだよ」と私は言う。「色だって自分の好きな色を使いな？見たまんまじゃなくていいよ。服の色も面白い色で塗ってごらん？太陽が赤、空は青って決めなくていいの」

「えーそうなの？そんなのおかしくない？」

と棚ちゃんが笑うが、俊くんは戸惑ったままだ。

「おかしくないよ。絵は自由なんだもん。世界を塗り替えることはできないけど、紙の上でだったらどうとでもできるんだから」

すると棚ちゃんは私のこの提案が気に入ったみたいで
「なるほどね。じゃあ俊くん、もっと想像力を使っていろんな色を試してみようか」

と言いだす。

違う、と私は思う。

ここにあるのは自由ではない。棚ちゃんがそばにいる限り、俊くんには自由なんかないんだ。棚ちゃんの与えた範囲の《自由》を探るしかなくて、俊くんはじっと棚ちゃんの顔を見つめている。

違うんだ。

「棚ちゃん、やめて」

と私は口走っている。

「……うん？何が？」

「俊くんのこと……ここにいる人たちを、追いつめないで」

「何のこと？追いつめるって、そんなこと私してないけど？」

「棚ちゃんの怒りをぶつけていい相手じゃないよ、ここの人たち」

「だから怒ってなんかないって」

「じゃあそういうことでいいから、ともかくこの家を出ようよ。ここにいると、皆悪くなっちゃう」

「悪くなるって何が」

「心も体も」

「逆でしょ？こう言っちゃ何だけど、私がここに来てから、随分いろんなことがまともになったし、綺麗になったし、しっかりしてきてるんだけど」

「ううん。絶対に違う。皆大変そうだもん。見てよ。俊くん、まだ三歳なのにこんなふうに塗り絵必死に頑張って……」

「あはは！え？何、塗り絵に頑張り過ぎだって言いたいの？こんなの遊びじゃん。確かに俊くん、遊びにしてもちゃんとしてて偉いなと思うよ？でもトビちゃんの言うことは大げさだよー」

「大げさじゃないよ。や、私が大げさってことでもいいから、とにかく棚ちゃん、ここから帰ろう」

「そんなわけにいかないって。私はともかく軍曹と順哉くんが困るじゃん。お仕事中で急には帰ってこれないんだし」

「……うん、そうだね。でもじゃあ、今すぐじゃなくていいから、できるだけ早く、軍曹たちが対応できる一番早い日に帰ろう」

「帰るってどこへ？私、友樹んところには帰らないからね」

「それはまたゆっくり考えればいいよ。とりあえず実家に帰ればいいじゃん」

「それは私が決めるから」

「駄目」

私は棚ちゃんを見つめる。

睨む。初めてやるからこれが睨むになっているかどうかは判らないけど、できるだけ強く、棚ちゃんに視線を押し込む。

「駄目ってどういう意味」

「駄目だよ、棚ちゃん。ここで人に迷惑かけちゃ駄目」

「待ってよ。聞いてなかったの？てか見てなかった？家ん中かなり整頓されてるし、これ維持してるの私なんだよ？私いなくなって困るのここの家の人たちだと思うけど」

「大丈夫だよ。この家の人たちのことは。それよりも棚ちゃんは棚ちゃんの問題があるでしょ？」

「だからさ……いいよ、こんな話子供の前ですることじゃないし。……あっ！」

と棚ちゃんが俊くんを見て大きな声を出すので見ると、俊くんがお漏らしをしている。

「あらら、俊くんトイレ我慢してたの？ごめんねー気付かずに」

と甲斐甲斐しく俊くんを立たせ、ズボンと下着を取り替え始める棚ちゃんは親や保育士のようだ。

手慣れてる。

「俊くん、たまにこういうことあるの？」

「なんかねー。普段いい子にしてるけど、たまに我慢のしどころを間違えるの」

てきぱきと下半身を裸にされている俊くんは恥じらうでも落ち込むでもなくて完全に無表情のまま棚ちゃんにされるがまま足をあげたり降ろしたりしている。

我慢のしどころを間違える？

「俊くん、塗り絵に夢中だったの？」

と私が訊くと棚ちゃんが言う。

「トビちゃん、やめて。俊くん責めないで」

「責めてないよ。……俊くん、トイレ、したかったらいつだって言っていいんだからね？おしっこしたいって言ってね？」

するど俊くんが小さな声で言う。

「……ごめんなさい」

棚ちゃんが私に怒る。

「もう。俊くんはまだ小さいんだから、失敗したっていいの。関係ないトビちゃんに謝らせたりしないでよ」

「俊くんがおしっこ我慢してたの、棚ちゃんが怖いからじゃないの？」

「はあ？もうトビちゃん本当にやめて」

と私を睨む棚ちゃんの隣で俊くんがじっと棚ちゃんの横顔を見ている。

「俊くん、棚ちゃん、怖い？」

「トビちゃん」

「俊くん」

すると俊くんがこっちを向いて首を振る。そして言う。

「棚ちゃんはいい人やさけ」

棚ちゃんが俊くんの顔に自分のほっぺを押し当てる。

「あらーありがとう！俊くんもいい子だよー！」

私は言う。

「そうやって言葉のご褒美をあげながら手懐ける（てなず）の？」

棚ちゃんが固まる。

「手懐けるって何」

「俊くん、三歳なのに気を遣ってるじゃん」

「もう……トビちゃん私のこと悪役にしたくて必死なんだね」

「私、棚ちゃんが怖いかどうか訊いたのに、いい人とか言って、それ俊くんが必死に棚ちゃんの聞きたい台詞考えた結果じゃん」

「こじつけないで。トビちゃん私のこと責めたいんだろうけどさ。確かにこのおうちにご厄介になり続けてるのは申し訳ないんだけど、私は私なりにこの家に恩返ししようとしてるだけなんだから。俊くんの失敗に乗じて変なこと言わないでよ。さ、俊くん新しいパンツ穿きにいこう」

　私は二人についていく。

「俊くん、このお姉ちゃんにこの家にずっといて欲しい？」

　俊くんは答えない。棚ちゃんの手を握ってこちらを振り返りもしない。

「やめてトビちゃん。ついてこないで」

「このお姉ちゃんがいる限りお母さんは帰ってこないよ」

「お仕事に行ってるだけでしょ。帰ってこないとか子供に嘘吹き込まないでよ。俊くん大丈夫だよ？お母さんちゃんと毎日帰ってきてるでしょ？」

「でもこのお姉ちゃんがいるから、今お母さんはここにいないんだよ」

「トビちゃん！子供を怖がらせようとしないで！……ごめんね俊くん、変なお姉さんが来て嫌なことばっかり言って。気にしないでね」

「そっちのお姉ちゃんがお母さんとお父さんのこと追い出しちゃったんだよ。お母さんもお父さんも俊くんのことこのおうちに置いてっちゃったの。このお姉ちゃんに俊くん差し出して。生け贄にしちゃったんだよ俊くんのこと」

「トビちゃん!」

階段を二階に上がる途中で棚ちゃんが振り返りながら私を蹴る。

ドドッ!

三段ほどだったけど私は落ちて廊下に尻餅をつき、頭を反対側の壁に思い切りぶつける。

「あっ……!ごめんトビちゃん!大丈夫!?」

血は出ていない。骨も折れていない。でも全身が痺れたようになって立てない。でも言う。

「心配したふり、しなくていいから」

すると階段の途中でお尻を丸出しにした俊くんが泣き出す。

「もう、トビちゃん帰ってよ。ここに来るのOKした私が間違ってた。ごめんね俊くん。さ、お部屋で服だけ着替えちゃおうね」

行かせない。

よく判らないけど、私はこういうことに持ち込みたかったんだ。

喧嘩っぽい喧嘩に。

初めての、口喧嘩じゃない、痛い喧嘩に。

「棚ちゃんと一緒にいる限りお母さんは帰ってこないよ」

と私は言うが、棚ちゃんは泣いてる俊くんを二階へと引っ張り上げていく。

追いかけなくては。

私は体を起こし、階段にへばりつき、這い上がる。

「ちょっと……トビちゃん下で大人しくしててよ。怖いから」

「棚ちゃん、私と帰ろう。ここの人に迷惑かかるよ？」

「迷惑かけてるのトビちゃんじゃん」

「棚ちゃんがここにいるからだよ」

「いいからそこにいて。俊くんのお着替え終わったら話聞いてあげるから」

そう言って棚ちゃんは俊くんとともに階段の向こうに姿を消す。

私はゆっくりと階段を這い上がっていく。手足が痛い。本当に骨は折れてないんだろうか？頭も痛いし、どっくどっくと頭を経由する血が脳を締め付けて、何だか視界がぼうっとする。

「怪我しなしたんけ？」

と心配げな声が下から聞こえ、振り返ると一階の廊下に車椅子に乗ったおじいさんが来ている。

「おじいさん、棚ちゃん、私が責任持って連れてかえりますから」

するとおじいさんは私を見つめて言う。

「棚子さんにいられんようになったら困るさけ、帰るんやったらあんた一人で帰っておくれの」

棚ちゃんがそういう状況を作ってそれを言わせているのだ。

「いいえ」と私は言う。「棚ちゃんがここにいるのがおかしいんです。だから必ずここから連れ出しますから」

「ほやけど晴さんもえんし……」

「棚ちゃんがここにいるから晴さんがここにいられないんですよ」

「ほうは言うても、こうやってこっちでは生活ができてもうてるんやさけの」

「ここの生活は異常ですよ。普通じゃないです」

「ほんなこと言うても、こうなってもうてしまってるんやさけ。外から来ていろんなこと急に言われても……」

「駄目です。棚ちゃんはここで皆を変にしてるんです」

すると階段の上に棚ちゃんが戻ってくる。「変なのも異常なのもトビちゃんだよ。

いきなり人の家で何してるの？」

うん。ここで言ってることもやってることも、おかしく見えるのは私だ。《変》《異常》とされるのも私だ。

でもそれはここが棚ちゃんの作った空間だからだ。

棚ちゃんのせいで私が疑われている。

「いいの。少しくらい私の頭がおかしいと思われても。棚ちゃんのおかしさも絶対に明らかにしてみせるから」

「どうやって？」

「……考えてみてよ。棚ちゃん私のこと階段から蹴落としたんだよ？そんなことする棚ちゃんじゃなかったでしょ？」

「だってトビちゃん怖かったんだもん」

「まあそれでいいよ。まだまだ私の怖いの、続けるから」

「やめてよ、人のうちでこんなふうにふざけるの」

「ふざけてない。私、本気。棚ちゃんのこと、どうやってでも、どうにかしてこの家から引きずりだすから」

「なんで？……そもそも軍曹とトビちゃん友達じゃないじゃん、私の友達であって。

トビちゃんなんでこの人たちのこと気にするの?」

「気にするよ。知らない人でも、誰かが可哀想だったら気にするでしょ?特に家族がその人たちに迷惑かけてるんだったら当たり前じゃん」

「迷惑なんかかけてないって」

「棚ちゃんはそう言うし、他の人たちはそう言わされてるけど、私は信じてないし、知ってるから」

「何を」

「棚ちゃん、ここで必要とされて、いい人とか立派な人扱いされて、……そんなことが嬉しいの?棚ちゃんの家族はここにいる人じゃなくて、友樹さんでしょ?」

「……」

「あの動画で、棚ちゃん的には友樹さんと一緒にいる理由がなくなったのかもしれないけど、あくまでも友樹さんは棚ちゃんへの愛情とか否定してないじゃん」

「したよ。してるよ。私と結婚したけど自分の幸せが本物かどうか判らないって言ったも同然じゃん」

「言ってないでしょそんなこと」

「でも少し考えれば判るでしょ。つかもう今判ってるかもしれないし。私なしでも幸せになれるし、私じゃない別の人と結婚しても幸せになるんでしょ？同じくらい」

私は階段の一番上に這い上がる。棚ちゃんの足首がすぐそばにある。

少し躊躇（ちゅうちょ）するが、頷く。

「そうだよ？人はどんな人生であろうと、同じくらい幸せになるよ。別に棚ちゃんと結婚してようと、してなかろうと、他の人と結婚してても」

「……！」

棚ちゃんが息を止めたのが判る。

これは命のやりとりになる。

そもそもそういう問題だ。

人生の選択と幸せの在り方についてなのだから。

私は続ける。

「棚ちゃんと結婚してなければ不幸せになるとかじゃないよ。棚ちゃんが友樹さんに与えてる幸せなんて、どこからでも仕入れられるし、棚ちゃんは友樹さんを幸せにしてるつもりかもしれないけど、友樹さんは勝手に一人で幸せになってるんだし、棚ちゃんの感じてることなんて完全に自己満足だよ」

「……ふううっ！」

棚ちゃんが止めてた息を、吐かずにさらに吸い込む。

「そんでそれを、棚ちゃんだって理解してるんでしょ？はは。あのプレゼン、たぶん本当のことだよね。私もそう思うもん。と言うか、言葉にしなくてもある程度知ってたもん。どんな人生だろうと人はある程度幸せだって。……私の人生も、ずっと生きづらい感じはあったし、今もあるけど、それでも幸せだもん。きっと棚ちゃんと同じくらいには」

「これでも？」

と棚ちゃんが足を上げて私に向ける。

私は待ち構えていたのだ、これを。

棚ちゃんが私をもう一度、私をしっかり蹴るのを。

私は棚ちゃんの浮いてない方の足首を摑む。

「うん」

と私は言って棚ちゃんを見上げながら階段を滑り落ち始める。棚ちゃんを道連れに。

ドドドドドドドドド！

バアン！と二人揃って階段の真下にいたおじいさんの車椅子に激突する。

「うわああ。大丈夫ですかいの、棚子さん！」

「……！」

棚ちゃんが返事ができないみたいなので見ると、右腕が変なふうに折れている。

「あ、救急車」

と私が言うと、棚ちゃんがギュッとつぶってた目を開け、

「えっ、健吾さん、大丈夫!?」

と心底心配そうに顔を上げて訊く。

ひょっとして、と私は思う。棚ちゃんは本当に純粋におじいさんのことを心配してるんだし、自分のことをそっちのけにしてるんだし、そこに演技的な部分はないのかも、と。

私の思う棚ちゃん像が全て間違いだったとしたら……？

でもそんなことはない。私は棚ちゃんをずっと見てきたのだ。

おじいさんが言う。

「棚子さん、病院行かな」

すると棚ちゃんが言う。

「嫌です。私、ここにいたい」

うん。

「ここにせっかく居場所を作ったんだから、でしょ?棚ちゃん。でも駄目だよ。棚ちゃんが居場所を作らなきゃいけない場所はここじゃないもん」

棚ちゃんが首を振る。

「友樹は別の幸せを見つければいい。そうやって私のことを殺せばいい」

おじいさんと私は同時に息を飲む。

そういうことなんだよ、と私は思う。それを棚ちゃんにも認識してほしかったのだ。逃げずに。

これは生き死にの問題なのだ、と。

棚ちゃんの生き様と死に様に直結していることなのだ、と。

私は言う。

「棚ちゃん、どっかの学者の一つの考え方とか案に過ぎないことを真に受けてこんな大騒ぎするなんて……」

「……私、その説自体は問題にしてない。当たり前だけど、友樹があんなこと言い切ったことだけ」

「……そっか。じゃあそのことはそうとして、でも、いいじゃん」

「何が？」

「友樹さんの言ったことが本当のことでもさ」

「……どういう意味？」

「つまり、棚ちゃんが友樹さんにとって特別な人じゃなくってもさ。誰も彼も一緒だよ。本当にかけがえのない人間なんていないの。でも、じゃあ可能性として別の幸せがあったとしても、人生の過去の可能性なんて、単なる言葉の上での偽物だよ。頭で考えてみるだけのことで、起こるはずのなかったことなんだよ。その可能性は、今実際にある愛情も、幸せも、打ち消さないの。……友樹さんの愛情が本物だって、棚ちゃん自身が知ってることでしょ？」

「でも、だからこそ、許せない。私じゃなくてもいいなんて……」

「あのさ棚ちゃん。そんなこと友樹さん言ってないよ」

「……………」

「言ったも同然だ、と考えてるだろうけど、言ってないし、言うはずないじゃん」

「……言うはずないことを言いかけたことが悔しいの」

「言いかけてもいないよ。よく思い出してみてよ。絶対に、単純に、友樹さん棚ちゃんが到達した結論まで辿り着いてなかったよ」

あの電話越しの、友樹さんによる回りくどい話。

「……」

「でしょ?」

「でもじゃあ、どうして友樹、私にちゃんと説明できないの?」

「え?そりゃ……友樹さん、いまだにその結論に辿り着いてないからじゃない?」

「……はあ?……どんな結婚相手でも人は幸せになれるって言ってたんだよ?」

「うん。でも完全百パー、私確信あるけど、それって自分のこと言ってないよ。友樹さん、その自分の言葉を自分自身には当てはめて考えてないと思う」

「……どういう意味……?」

「友樹さん、棚ちゃんのことが好きだから、他の可能性なんて考えられてないんだよ」

「ふふ。ええ……?そう思うの?」

「うん。何がどうでもそうだよ」

「そう言ってるだけじゃなくて?」

「私、棚ちゃんの聞きたい台詞ばっかり言う人じゃないでしょ?」

「……」

「それを証明したくてずっとここまで頑張ってきたようなところあるから、私の人生」

「……ふ、馬鹿みたい……」

「棚ちゃんの人生も、私の人生も、誰の人生もね」

と言ってから、すぐそばで黙って私たちの話を聞いてるだけだったおじいさんに付け加える。

「あ、おじいちゃんの人生は馬鹿みたいじゃないですよ」

嘘じゃない。ただ、馬鹿みたいと馬鹿みたいじゃないとが両方正解なだけだ。どの人生も。

「あはは」と棚ちゃんが笑う。「トビちゃん、前歯、折れてるよ」

上の前歯の右側が真ん中から折れて、破片が歯茎にめり込んでいる。

痛くなくてビックリした。

棚ちゃんの骨折と私の前歯の治療に大体同じくらいお金がかかる。

それぞれの治療費をお互いに払い合う形にして、私と棚ちゃんの間は収める。

棚ちゃんは軍曹に迷惑料として倍以上を払う。

まあでもこれは友樹さんが立て替えるような形になりそうだが、棚ちゃんは抵抗しない。そんな気力もなさそうに見える。

それから友樹さんが棚ちゃんの苦悩をさっぱり判ってなかったことを確かめて苦笑いしながら友樹さんと仲直りして、しばらくは明るく振る舞っていた棚ちゃんだが、ゆっくりと落ち込んでいく。

しょうがない。

いろいろ考えることは多い。

半年ほどして軍曹から私に連絡がある。

「棚ちゃんから、塗り絵は好きに塗っていいって俊に伝えて欲しいっていうんだけど、何のこと? 上手に塗れてるから問題ないと思うんだよね」

あはは、と私は笑って言う。

「まあ、上手じゃなくていいっていう棚ちゃんらしからぬ意識改革の途中なんじゃないかな」

するも軍曹も笑う。

「ふふふ。へえ、なんかなるほどね、とも思うけど、今更何言ってんだろとも思うかな。何にしてもうちの子の塗り絵は私が見てるから大丈夫って伝えておいて」

「うん」

軍曹は仕事を続けている。だから俊くんは保育所に通っているし、おじいさんとおばあさんは介護老人ホームに入ることになった。

棚ちゃんがいたときは本当に助かった、と言ってくれてるけれども、保育所の俊くんもホームのおじいさんおばあさんもそれぞれの大変さの中で幸せにやってることは間違いない。

人の幸せは状況によるけれども、同時に、状況によらない。皆が幸せだ。それだけのことであって、そういう人間の強かさを頼もしく思うだけでいい。

そもそもの話、幸福とはそれを感じる人間のものであって、他人が観察するものは全て偽物なのだ。

ドナドナ不要論

『ドナドナ』など要らんということだ。

僕は『ドナドナ』が嫌いだ。子どもの頃からずっと嫌いだ。この歌のこの不条理なほどのかなしさは何なんだ？子牛が市場に連れてかれることの何がそんなに悲劇的なんだ。子牛なんてペットで飼うもんじゃない。そもそも家畜なのだ。家畜が売られて何が悪い？子牛だって当然売られる。別の家で飼われるのかもしれないしどこかで食べられるのかもしれないけど、それが家畜なのだ。

子牛が《家畜》のコンセプトを知ってるはずがないから歌の中の「かなしそうな瞳」っていうのは歌う人間のかなしみの投影であって荷馬車の上の子牛のものじゃない。「もしも翼があったならば　楽しい牧場に帰れるものを」という歌詞も想像に過ぎない。人は子牛の気持ちなんか判らない。それに、そもそも『ドナドナ』のかなしみは、そういう内実にあるのではないのだ。あくまでも「ある晴れた昼下がり　市場

へ続く道　荷馬車がゴトゴト　子牛を乗せてゆく」という絵にある。ここにあるやるせないものがなしさの正体は何なんだ？と思っていっぺん調べてみたけれど、作曲家も作詞家もユダヤ人で自分の家族が強制収容所行きの列車に乗せられる光景を歌ったって説があるとか言って……落ち込むぞコラ！そういう本気で辛いイメージが加わって『ドナドナ』のことが一層嫌になる。

けど実際のところ歌われてることと作り手の意図は別問題で、『ドナドナ』は可哀想なユダヤ人の歴史を重ねなくてもかなしくて、全然好きになれない。

でも童謡として世界中で歌われてるみたいだし「ドナドナド〜ナ〜ド〜ナ〜♪ドナドナド〜ナ〜ド〜♪」って歌詞を忘れて誤魔化してるみたいなふうに歌ってる国もあるみたいだけどものがなしさとしては同じで、何がそんなにうけてるんだろう？どうして人はわざわざかなしい思いをするのか。そんな歌ただ単に聞かなきゃいいのに。あるいは皆僕と同じように嫌いなんだけど、トラウマになって逆にその歌から離れることができなくなるのだろうか？確かに精神的な傷ってそういう、執着させるような性質があるのかも。

あるいは単純に、あのメロディラインの迷惑なキャッチーさのせいだろうか？

かなしみとは何だろう?

かなしみを表す漢字は二つある。

悲劇の悲と哀悼の哀だ。

悲劇の悲の方の悲しみは辛くて苦しくて個人的なもので、哀悼の哀の方の哀しみはしみじみと深くてより大きな物事についてのものだ……っていうのが僕の使い分けで、でもどうだろう? そういう悲しみと哀しみの違いってあるよね? でも何が僕を悲しませ、哀しませるんだろう?

例えば『ドナドナ』について言うと、歌われている光景は哀しく、想像する子牛の気持ちは悲しい……。

『ドナドナ』が大嫌いな僕が人より特別そういう悲しみ/哀しみについて敏感だったりするっていうことでもなくて、物の感じ方って何でもそうだけど、人によりけりだ。

深く愛し合った男女がいる。でもいろんな不幸な事情があって二人とも思い詰めてしまう。まずはお金がなくなる。酷いことをして友達と家族がいなくなる。悪いことをして塀の外にいる権利も危うくなる。逃げ出すが、不信と不満がお互いを争わせ、気力と体力を奪っていく。最後に残ったのはお互いの体重だけになる。そして一本のロープ。二人はこっそり内緒で潜り込んだ古いアパートで同時に死ぬことにする。キッチンと寝室を分ける鴨居の上のはめ込みガラスを割り、鴨居にロープをかけ、両端を輪っかにして二人で顔を見合わせながら首を吊ろうと計画する。たぶんロマンチックな気持ちに浸っていたんだろう。二人は抱き合い、キスでも繰り返しながら死ぬつもりだったに違いない。二人が自分の足下の椅子を蹴ったとき、お互いの体重の違いを計算に入れ忘れたことを思い知る。このカップルの場合女の方が重くてロープは偏り男は引き上げられ、女は床に着地してしまう。この恐ろしい間違いの瞬間、女は男を見捨てない。この馬鹿げた自殺をやり直しもしない。女は目の前で暴れる痩せた男をよじ登り、男を引きずり降ろし、見事抱き合って死ぬ。死体が見つかったときもちゃんと抱き合っている。二人分の糞尿が寝室の畳と台所の板の間を汚しているが、それは二人の知ったことじゃない。おそらくもうずっと前に、そういう他人がどう見るか、どう感じるか、どう思うかについては気にならなくなっていたに違いない。でもつまりだからこそその死の抱擁は二人だけのもので、百パーセント愛情によってのみ行われたよじ登りだったのだ。

この話を聞いて、僕はまあ凄い話だな、と思った。その「凄い」は馬鹿は馬鹿な死に方するなあってその馬鹿さ加減のことだったし、男の人が見たはずの、自分の身体を這い上がってくる自分よりも体重の重い女の人の想像上の形相についてだった。デブの彼女が心中の間際に文字通り必死な顔で足と腰と胸をぐいぐい登ってくるんでしょ？どんなに惚れ込んでいたって恋愛感情なんかすっ飛びそうだ。そんなの最悪だったろうな、と僕は想像を脹らます。もう首を吊ってしまっているのに、心中する相手から気持ちが離れるなんて。うへえ、俺何やってんだギギ苦しいこんなところでこんな奴と死にたくない……ともがいてるところに気持ち悪い太っちょが愛情たっぷり登ってくるなんて。

こんなふうに感じたり考えたりする僕は冷たいのだろうか？人間の愛情に対して冷淡な部分があるのだろうか？それとも誰が聞いても馬鹿馬鹿しさの方が勝ってしまうものだろうか？あるいはその馬鹿馬鹿しさが、人間の滑稽さが、さらにあいまって余計哀しいものなのだろうか？

そういうふうに見れるのかもしれないが、よく判らない。なんとなく頭で考えてるだけの感想な気がする。その現場を発見したり、うっかりその瞬間に居合わせたとしたら、馬鹿馬鹿しいより先に気持ち悪くておぞましくてもう全然見てられないかもしれない。現実のものっていうのは小説やドラマで描かれるほど判りやすくもないし単一の感情にゆっくり浸ることもできなくて、複雑で、予想外の気分に駆られることもしばしばなものだ。

それに、現実の現実度も当然人それぞれだから感じ方も違うし……。

首吊り心中について話してくれたのは僕の妻の椋子で、死んだ女性が椋子の母親の妹で、名前はよく知らない。若い頃から問題のある人だったらしくて死ぬ前もいろんな人からお金を騙し取ったりしていたみたいで死んでからも週刊誌に取り上げられそうになったりして親戚の間では騒ぎが落ち着いてからもその人の話題はタブーになってしまったのだ。もう二十年くらい前の話だ。

その話を終えて、椋子が泣く。僕は顔も名前も知らない妻の叔母さんの死に様を聞いて圧倒され、自分の想像した光景に怯えながらも凄えなあと思っていたところで、いきなりえっくえっく泣き出したものだからビックリする。

え？何？「大丈夫？」。どこに泣くような場面があったんだ？

「違うの」と慌てて涙を拭きながら椋子が言う。「かなしくて」

僕はちょっと苛立つ。いろいろあるけど、そもそも何自分でした話で泣いてんの。

「うらん。そうじゃなくて。可哀想とかは別に思わないんだけど。だっていろんな人に迷惑かけたらしいし」

「可哀想ってこと？」

「最後の死に方も迷惑かもね」と言って僕はふふっと笑ってしまうけど、これはさすがに不謹慎だろう。「電車に飛び込むとかよりはいいんだろうけどさ」

黙り込んでしまう椋子を見てると僕が苛めてるような気分になってしまう。そっちの家族の不始末を僕が責めているかのような。でも全然そんなつもりはないし僕にはそんな発想はないんだ。家族だからって責任みたいなものを感じる必要はない。別人格なんだから。

「ごめん。叔母さんなのに」と僕が言うと椋子が首を振る。

「あ、ううん違うのごめん。ちょっと考えてて。何がこんなにかなしいのか。怖い、とも思うんだけど」

怖いっていうのはよじ登りのことだろう、と僕は直感的に理解できる。でもかなしいってのは？

「で、何がかなしいの？」

「わかんない。そんな、何でも明らかにしなきゃいけないみたいに詰問しないでくれる？これ私の感情なんだけど」

「ごめん」

「……ううん。ごめん。自分でももどかしくて」

「うん」

こんなごめんごめん言ってる会話なんてどれだけ続けてもろくなことがない、と思って僕が切り上げようとすると椋子が言う。

「なんか、こんなふうに最期、愛情だけしかないなんて、かなしくない？」

「え？……最期に愛情だけはあったから良かったな、とかじゃなくて？」

「う～ん、と、もっといろいろあった方がいいでしょ？愛情だけじゃなくてさ。一つの感情だけじゃなくて、憎しみとかでもいいからさ」

僕はさらに驚く。「憎しみでもいいの？」

「いいんじゃない？なんか、こういう一つの感情のみに人生が集約されてるみたいなのって、私嫌」

「へえ」と僕は言うしかない。へえ。人の感じ方ってそれぞれなんだなあ、本当に。

まあでも椋子の叔母さんのように一つの感情に人生が集約されるなんてことはよほど人生のいろんなものを削り落としていかないと起こらなくて、つまり普通の人はなかなか辿り着けない。僕たちには家族がいる。友達がいる。仕事を一緒にする人たちがいる。いろんな場所でたくさんの人と出会う。そしてそれぞれにまた家族と友達と同僚と知人がいて、さらに出会いがある。周囲に人は増える。減りもするけど。僕には距離的な問題や環境の変化でなかなか会わなくなる人はいるけれども、完全に自分の人生から切り離したり切り離されたりした人は……まあ自分の知る限りだとほとんどいなくて、でも椋子には結構そういう人もいる。

同じマンションの別の階に住んでる矢沢さんは椋子が切って、同じ階の植松さんは椋子が切られたのだ。近くの保育園に子どもを通わせようと思った若いカップルたちが新築の部屋を同時に買ったらしくて同じマンションに椋子はママ友が五人いるけどそのうちの二人と切ったの切られたの……こういうのって女性らしさってこと？僕にはよく判らない。世界が小さすぎて起こるって気もするけど、あまり首をつっこみたくないので理由もよく知らない。椋子がワーワー言ってたのをちゃんと聞いていたつもりだけど要するに気が合わないところが許せないのだ。かちんときたりすることを受け流せない。感覚が嚙み合わなかったり腹が立ったりする相手なんてこの世にたくさんいるのに、そういう人たちと上手に楽しく付き合うことができない。椋子だけじゃなくて、気の合う人たちとだけ付き合うもんだって考えてる人間が多すぎる気がするぞ？好きなように振る舞って気軽に暮らす権利が自然と備わってるはずだみたいな人生観は間違っている。人間は与えられた環境でできるだけ上手くやっていくものなのに、その環境が自分のために整えられるべきなのだ、みたいな。そんなふうに世界はできていない。田舎に生まれれば仕事の選択肢は少ないし北朝鮮に生まれれば情報統制を受けながら飢餓と戦わなければいけないしカルト宗教の信者の子どもに生まれれば洗脳を受けつつ育つことになるだろう。こういうのは公平不公平ではないし平等不平等の問題でもない。自分というアイデンティティと同じくらい不可分なものなのだ、環境というのは。もちろん移動はできるし変化を与えることはできるけれども、環境は他人とともに作るものなので、自分の好き勝手ができるとは限らない。どこかで、ある程度の不自由や不都合を受け入れていくべきものなのだし、物の見方を変えさえすれば環境なんてどうとでも付き合いようがあるし愛することだって全然可能だと僕は思う。

　それに切るだの切られるだのと乱暴な言い方をして粗雑に交際を断とうとするけれども、人とそんなふうに簡単に関係をなくすことはできない。

椋子の叔母さんの心中話が出てしばらくした夏の夕暮れ、土曜日だし気持ちのいい一日だったし公園の噴水で穂のかとキャッキャキャッキャ遊んで程よく疲れたし外食で適当に夕ご飯を済ませちゃおうかと話していたところに椋子の携帯が鳴る。「え。やだ」とディスプレイを見て椋子が言う。「誰?」「植松さん」。植松蓉子さん。椋子を切った三十四歳。ラジオ局勤務。呼び出し音を聞いたまましばらく躊躇していた椋子が電話に出る。「もしもし。……うん。久しぶり〜どうしたの?……え?今あまじあ公園だけど何で?うん穂のかも一緒……え。嘘。ええ……本当に?どこで?今矢沢さんは?……そう。私もそっち行くよ。うん。うん。あー全然そんなの気にしないで私も悪かったしごめん。うん。ああ。そっか。……うん。でも行くよ。ちょうど今夫いるし。そう。じゃ着いたら電話するね。はい。じゃあね」。電話を切る。

「どうしたの?」

「怖ーい。どうしよう。矢沢さんとこの佑二君がいなくなっちゃったんだって」

「いなくなったって?」

「多摩川の河川敷にお兄ちゃんと一緒に遊びに連れてきて、ちょっと目を離した隙に連れ去られちゃったみたいだって」

「ええ!?誘拐じゃん」

「うん。警察にも連絡して、今知り合いの人にも連絡しまくって探してるみたい」

「あ、そうなの？何か手伝えることあるのかな。行こうか」

「うん。……タクシー使っていい？」

「いいよ。急ごう」。多摩川ならタクシーに乗ってもお金はそれほどかからない。

「あ、でも智は来なくていいかも」

「え？でも人手は多い方が良いんじゃない？」

「うん。でも穂のかのこと心配だし」

「大丈夫だよベビーカーに乗せておけば。それに少し手伝ってみて、時間がかかりそうでまだやれることがあるんだったらお義母さんとこ連れてって見てもらっててもいいしさ。今日お義母さんお休みでしょ」

「いやそうじゃなくて、もし佑二君が連れ去られたんだったら穂のかも危なくない？」

「そんな。同じところで二人も続けて誘拐されないでしょ」

「そうだけど……何か怖いでしょ？」

「別に平気だよ。俺が見てるからさ」

「うん……。じゃあお願いね。やっぱり穂のかも智も連れてった方がいいのかも、確かに」

？意味が判らない僕に、タクシーの中で椋子が言う。

「あのね。ちょっと考え過ぎなのかもしれないけど、さっき電話くれたとき、植松さんに私の居場所確認されたんだけど、あれ、私が佑二君連れ去ったんじゃないかって疑われてたからだと思う」

「ええ⁉何で？……矢沢さんと仲が悪いから？」

「そういうことじゃない？」

「ええ……？仲が悪いからってそんなことしないだろ」

「知り合いの子ども殺しちゃったとかそんな事件あったじゃない？あそこまではいかないけど子どもちょっと隠しちゃったりとかはよくあるみたいよ。子どもが靴隠すようなもんよ」

本当かよ……そんなことが起こってるんだったらもう完全に現代の親はおかしい。

「でも知り合いの子隠しちゃったら、出てきたときに犯人ばれちゃうじゃん」

「子どもの言うことってことでしらばっくれるに決まってるよ。それに智、人間屁理屈こねて水掛け論に持ち込んだり訳判んないこと言ってとにかくこっちを責め立ててケムに巻いたりはぐらかしたりって、やろうと思ったら凄いんだよ？論理の矛盾とかダブルスタンダードを恥ずかしいと思わないんだから。恥を知らない人間に言葉で立ち向かおうとしたって無理だよ」

何それ怖い……。想像しただけで途方に暮れる。同時にそうか、と思う。恥さえ知らなかったら人間は無敵だし、恥こそが人間の全ての弱みの根源なのだ。

「言葉が通じなかったら力を使うしかなくて、だから《暴力》って呼ばれない程度の暴力を振るうんだよ、皆」

子隠しもそういう意味での暴力なのだろう。ちょっと心配させるだけ。揉めるだけ。恥を知らない方の勝ちで知ってる方の負けってことは、子隠しなんかできる時点で犯人の勝ちってことだろう。

「いつの間にか怖い世の中に生きてるなあ……」

と僕が言うと椋子がふ、と笑う。

「恥こそが日本人の強みだったのにね。それを一部でも失い始めるとゆっくりと確実に総崩れだよ。恥を知ってる方が負ける世界へと、オセロみたいに少しずつひっくり返されてるところなんだから」

話が大っきいなあ……と思ってるところでタクシーは多摩川に到着する。六時を過ぎているが夕日はまだ一時間くらい河川敷を照らしてくれるだろう。植松さんが呼び寄せたママ友たちに挨拶をしてると植松さんが現れる。僕も顔を見るのは久しぶりだ。「あ、智さん」「どうも」。僕はベビーカーの穂のかを植松さんから遠ざける。

俺の娘に手を出すんじゃねえぞ?

で、僕は思い至る。さっき椋子がタクシーで乗り付けようと言いだしたのは急いでたからじゃなくてちゃんと遠くから来たっていうのをここで子どもを探している親たちに見せるためじゃないだろうか?電車に乗って京王多摩川の駅から歩いても河川敷なんてそれほど遠くないけど、でもそれじゃこの辺でこっそりうろうろしながら皆の慌てる様子を眺めてたのに連絡を受けて今到着しましたと振る舞う犯人と区別がつかない。

……もちろん僕の想像に過ぎないかもしれないけれど、ママたち殺伐としてるなあ。

けどこんなこと殺伐なんてことじゃなくて普通なのかもしれない。こういう一大事のとき、誰でも私は慌てて駆けつけましたよとタクシーで乗り付けるのかもしれない。

それはともかく僕は矢沢佑二君を探す。お母さんは家で待機しているらしい。お父さんはいなくなった河川敷で連絡係。川の上流と下流にそれぞれ捜索隊を出し、近くの公園なども探してもらっている。僕と椋子は下水道局の水処理施設のほうに行かされる。柵を乗り越えて敷地の林の中で遊ぶ子がたまにいるらしい。川からは二キロくらいあるし四歳の佑二君に柵を乗り越えたりできるかなあと僕はいぶかしむが、いなくなってから三時間でいよいよ探しに行く場所もなくなってきたのだろう。僕と椋子は夕焼けの中をベビーカーを押して向かう。電話をかけてみる。宿直当番がいて、事情を話すと施設内を確認してくれると言う。じゃあ僕たちはどうしようかと椋子と相談するけど「とりあえず向かってようよ」と椋子が言う。そりゃそうだ。「見つけたら連れて帰らなきゃいけないしね。どれくらいちゃんと見てくれるかもよく判んないし」

折り返し当番のおじさんから電話がある。子どもは誰も見当たらないし、監視カメラにも写っていないし、最近施設内への無断立ち入りがあるので侵入口に使われていた木を切ってしまったから子どもだとなかなか入れないはずだと言う。四歳なのだと伝えると「じゃあ絶対無理です。これまで勝手に入り込んだのだって中学生とかだから」とのこと。

「どうする？」

「一応行ってみて、外からでも確認だけはしておこうか」

こうなってくると探してるってよりは探したっていうアリバイが欲しいだけとか探してるふりして時間を潰してるみたいに感じられてくるけど、任された仕事を自分の判断だけで切り上げずに最後まで自らやり通すというのは大事なことなのだ。

でも施設に辿り着くまでに佑二君は見つかる。

現場の河川敷で。すすきや雑草の生い茂る背の高い草むらの中で。ずぶ濡れになって高熱を出して息も絶え絶えで。

実は佑二君は遊んでいて川に落ちて、這い上がったものの服を汚したことを叱られるのが怖くて草むらの中に隠れていたらしい。夏だしすぐに乾くと思ったらしいのだ。でも草の陰でそんなに簡単に乾燥するはずもなくて佑二君がいないことが騒ぎになっても返事するのが怖くて黙って隠れ続けてるうちに濡れた服に負けて熱が出てきてほとんど気を失ってしまっていたらしい。

顔が真っ青で呼吸も浅くて脈拍も早くなっていた佑二君を見つけたのはお父さんの忠夫さんで、その草むらに向かい何度声をかけても返事がなく二度ほど分け入ってみたけど発見できなくて諦めてて、でも日が落ちて真っ暗になってしまっては河川敷の捜索は諦めなきゃならないとなって最後の確認、見つけたとしても最悪の結果ってつもりで泣きながら草むらに入って地面に転がる佑二君の手を踏んづけたらしいが、予想通り完全に死んでいると思った忠夫さんは半狂乱になってしまって佑二君を抱え上げて泣いて叫んでいろんな人を罵り自分を責めて、大変な騒ぎになったらしい。それでまた少し救急車を呼ぶのが遅れたが、佑二君は生きていて、駆けつけたお母さんの尚美さんと忠夫さんは佑二君と一緒に病院に急行。捜索に参加した皆さんも解散になる……僕たち親子以外は。

植松さんは椋子に連絡してくれなかったのだ。

水処理施設に行ってぐるっと回って結局職員のおじさんに入れてもらって中を直接見て回って佑二君を見つけられなくて植松さんに電話したけど留守電で報告をいれてしょうがないから次の指示をもらおうかと河川敷に戻ったとき、まだ日は残っていたけど誰もいなくなっていて、さっきまでの物々しい雰囲気が全く消えていて嘘みたいだった。

「あれ……？何かあったのかな」と僕が言う横で椋子が別のママ友に電話をかけている。

「あ、そうなの？……良かった。うん。別に？うん。じゃあまたね」と平静さを装って携帯を切り、椋子が「見つかったんだって。生きてて、病院に運ばれたみたい。誘拐とかじゃなくて事故っぽいってさ」と教えてくれる。

「あ、そう」と、僕は言うしかなかった。

椋子も他に何も言わなかった。

でもとてつもなくかなしかった。

このかなしさって何だろう?

親子三人、夕暮れの河川敷で、皆に置いてけぼり。薄っぺらな善意の、つまらない空振り。僕と椋子は我慢できても、一緒に穂のかもいるのに……!なんだか穂のかを凄く侮辱されたようにも思えたが、かなしすぎて腹も立たなかった。

わざとのはずはないよ、と思い込むことにして、僕たちは帰ったが、食欲もどんな気力もなくて、ただひたすらぼうっとしていた。穂のかが明るく振る舞っているのがどう見ても僕と椋子を元気づけようとしているようで申し訳ないなと思おうとしたけど、かなしさのあまり、それも無理だった。

この茫漠(ぼうばく)としたかなしさは悲しいのか哀しいのかどっちなのだろう。両方なのかもしれない。それともまだ漢字の発明されてない新たなかなしさなのだろうか。

植松さんからは折り返しの電話もなく、椋子もかけようとしなかった。

椋子の話だと、佑二君を運び込んだ病院で忠夫さんと尚美さんの矢沢夫妻が大喧嘩を始めて、いつも大したことじゃないのに厳しく叱りすぎるんだと忠夫さんが尚美さんを責め、尚美さんは長男を連れて実家に帰ってしまい、入院中の次男を放っておくなんて許せない、と忠夫さんはさらに怒り狂ってるらしい。う〜ん。子どもは可哀想だが、矢沢さんの家族のことは正直もうどうでもいい。矢沢さんたちの話を耳にしたり思い出したりすると同時にあのだだっ広い多摩川河川敷と向かいの稲城市の暗い町並みと消えかかった夕焼け空が思い出されてまだかなしいのだ。僕たちはまだ置いてけぼりのままな気がする。

そしてそのまま年が暮れ、年が明け、最悪な一年がやってきて河川敷の思い出どころじゃなくなる。

まず福井の、僕の方の祖父が亡くなる。八十九歳。昼間にぱったり倒れて病院に運ばれて、そのまま意識がなくなり、機械につながられる。僕や兄が到着し、ちょうど家族が揃ったところでお医者さんが機械を外し、「ご臨終です」と言う。僕は祖父の裸足の足をさすって「おじいちゃんいろいろありがとうな」と言う。兄が横でうう、うううう、と泣いているので僕ももらい泣きをしそうになるが、戦争に行って帰って行って帰って子どもを五人育てて孫を十二人、曾孫を十九人作った祖父で大病もなかったんだし良かったんじゃないの?と思って寂しいとかより見事だなと感心してる感じだ。子どもと孫と曾孫たちと親戚たちが集まってベッドを取り囲んで僕も祖父の足のつま先を触るくらいしかできないのだ。羨ましいくらいだ。こんなふうに僕も死にたい。

それから福井県西暁町にある本家に帰って葬式の打ち合わせが始まり、自宅の座敷で執り行われることになる。喪主は僕の父。近所の人によるお手伝いの手はずが整い、僕は椋子に電話する。

「あ、智だけど」

「うん」

「お通夜は明日で、お葬式は明後日になりそう」

「…………」

ここで椋子が黙り込んでしまう。

「?……でさ、どうする?穂のかいるさけお葬式だけ出るんでも構わんと思うけど」

「…………」

と僕は福井弁が出る。椋子の沈黙にちょっと焦っている。

「どうかしたの?」

「…………」

「何かあった？」

　椋子は応えない。

　僕は家を出て冬の夜道を歩きながら電波の調子でも悪いのかと携帯のディスプレイを確かめる。問題ない。実際通話が途切れてしまっているときの壁に耳を当ててるような断絶感はない。電話は通じてて、向こう側に空間があり、空気が溜まっていて、そこには椋子が確かにいる。黙っているだけなのだ。

「もしもし？」と僕は言う。「どうしたの？何かあった？」

　悪い予感しかしない。今からまともな話が始まりそうな気がしない。

「……ごめん」とようやく椋子が言う。「……あのさ、……私、そっち行かなくてもいい？」

　僕は立ち止まる。血の温度が二度くらいきゅうっと下がった気分。「何で？」

「……ごめん」

「ごめんって、何が？」

「……また後で電話するね。ホントごめん。じゃあね」

　電話が切れてしまう。

え〜……？

何かがあったんだ、と僕は思いつつも、ひょっとしたら椋子はずっと胸の内で考え続けてきた何かに答を出したのかもしれないって考えも頭をかすめる。まったく根拠のない考えだ。僕と椋子にさしあたり問題はないはずだと思う。少なくとも目立った喧嘩はしていない。と言うか僕たちは喧嘩はほとんどしない。喧嘩にならないと言った方が正しいか。どちらかが言いすぎたとかやりすぎたとかで気まずくなって、それを察した相手がフォローしておしまいにしてしまう。つまり傷つけられた方が傷つけた方に気を遣うというアクロバティックな思いやりで僕たちはいろんなことを躱してきたのだ。

つまり僕たちは相手を思いやっているはずで、こんなふうに意味不明に放り出すようなことはお互いにしないことになっているのに……？

浮気でもされたかしらん？と僕はちらりと考えてみる。

椋子は元銀行員で、穂のかが保育園に通うようになってからは保険や証券などの営業として世田谷の銀行でパートをしている。銀行か……。営業か……。男子職員もたくさんいるし男性のお客さんも大勢相手にしてるし営業は通帳だの判子だのを預かったりして客の家に上がったり連絡を取り合ったりいろいろ親密になる機会はたくさんあるし親密になるよう努力もしているのだ。疑っていてはきりがない。セクハラだって受けているようだし何度か相談だってされてるし愚痴はたくさん聞いている。基本的には危ない客とは一対一にならないように気をつけてるみたいだし店にも相談して対応を考えてもらってるようだからあまり気にかけないようにしていたが……。あれれ？甘かったかしら？

でも今いきなりこんなふうに電話を切られたから想像を始めてしまってるけれども、実際そんな兆候があったようには思えない。セックスの数も質も変わってない……はずだ。あれ？数はともかく質については僕一人では判断できないか。携帯などで他の男と連絡を取り合ってる様子もないし、と考えようとしても、これまた携帯の中身を調べたわけじゃないし営業なのだ。自由な時間を作ろうと思ったらどうとでもなる。あらら。良くない想像をしようと思ったら結構できるかも。

お通夜と葬式の日時だけ連絡しようと思って出てきたので上着を着てこなくて悶々としてるうちにさすがに寒くなってくる。お正月に積もってた雪は消えたけど、今は一月の終わりで、冬はまだたっぷりある。空を見ると星がたくさん瞬いてるが、別に感動するほど多くもない。

僕は家に帰る。とりあえず外は寒すぎる。少なくとも穂のかに何かがあったわけじゃないんだよな?と門のところで思いついてしばらく可能性を考えてみるけれどもさっきの椋子の口調から言ってあくまでも問題は椋子に起こっているのは確かっぽい。椋子のごめんなのだ。

じいちゃんが死んで通夜だ葬式だって言ってるところにあの電話か……と僕は玄関に入りながら思う。思いやりについてはイマイチだったのかもな。

母親や義理の姉や親戚のおばさんたちに「椋子ちゃんは?」「嫁さんは?」と訊かれるけど「うーん調整中」とか言って携帯から目が離せない。

電話はかかってこない。

四十歳以上の家族が皆寝るか帰るかして、段々と静まってきた加藤家で、僕は居間でいとこたちと喋っていたんだけど、十一時に抜けて今度は上着を着て外に出て、電話する。

出ない。

もう立ち尽くしちゃう。

十二時を過ぎて電話がかかってくる。

　僕は風呂から上がって髪を乾かしてるところで、頭にタオルを巻いて上着を取って居間を出る。一緒にお酒を飲んでたいとこの女の子が「風邪引かんようにな〜」と声をかけてくるのを聞きながら僕は玄関で電話に出る。

「もしもし？」

「……あ、ごめん寝てた？よね」

「寝てないよ。起きてた。で？」

「うん……」

「あのさ、」と言いながら僕は靴を履き、コートを羽織る。「ちょっと待ってね、外出るから」

「……寒いよ？」

　そんな気遣いは要らないよ、と僕は苛立つ。「皆寝てるから」

「うん」

　玄関を開け、表に出る。村の明かりは家の前の電柱に取り付けられた街灯とうちの居間以外全部消えている。外に出たけどまだここの声は家に届く。この村は静かすぎる。僕は小走りで家から離れる。革靴を突っかけてきたので少しくらいの水たまりなら平気だ。カップカップと靴がアスファルトを蹴る音がうちの裏山まで届く。携帯を耳に当てたまま門の前の道を進んで倉を抜け小屋を抜け隣の家を横切って橋を渡ると田んぼばかりになる。公民館のそばの街灯が灯っていて、田んぼの間を国道へと抜ける道をほんのり遠くから照らしている。椋子はここまでずっと黙っていて、僕の足音とともにその沈黙の音を僕は聞いていたのだが、そろそろ十分距離をとれただろう。

「さ、いいよ。で、どうしたの？」

「うん……」

「………」

僕も黙って待ってみるが、椋子の言葉は続かない。

ため息も出るわな。「(はあ……) 黙ってちゃ判んないよ」

「……うん。ごめん」

雰囲気も態度も、椋子は昼間電話したときとほとんどまったく変わってない。またうんごめんだ。

「何があったの？」

「………」

またたんまり。

「言ってくれなきゃホント判んないって」

「……うん……」

うんごめんはもういいよ！と言いたいところだけど、堪える。それを封じ込めてもいい展開が待ってる気がしない。

とにかく僕はこのまま意味も判らず明日明後日を迎えるわけにはいかないのだ。追いつめずに、椋子からちゃんと気持ちや考えを引き出さなきゃならない。

「何かはあったんでしょ？」

「………」

「え？これは答えられるでしょ？何にもなかったら普通に福井来れるよね」

「……うん……」

「じゃあ何かがあったんでしょ？」

「………」

え？何だそれ！どうしてそこでいちいち黙るの!?

と問いつめたくなるけど、つまりただひたすら理由を言いたくないだけだ。

僕は不信に駆られてるってだけじゃなくて心配もしている。電話を待ってる間、まさか椋子がセクハラなんて表現を通り過ぎたもっと酷いことをされて、そのショックで僕に会うことができないんじゃ……とか。だとしたら椋子が物凄く傷ついている可能性だってあるわけで、あまり追いつめたり責め立てるような言い方をしたくない。

「じゃあさ、イエスノークエスチョンで俺が訊いてくからさ、それをまずは答えてってよ」

「…………」

返事がないが、僕は始める。

「椋子は今、傷ついてるの？」

「…………」

早速イエスもノーもなくて、僕は戸惑いかけるが、大丈夫だ。傷ついていないんだったら、椋子はノーとちゃんと言ってくれるだろう。

椋子の身に何かがあって、椋子は傷ついているのだ。

「それは、気持ちの問題？ それとも……」と言いかけてイエスノークエスチョンからずれてることに気付いて問い直す。「それともじゃなくて、気持ちの問題かな？ 椋子の」

「…………」

「それとも身体の問題？」

「…………」

うわ。全然判断がつかねー……。うんごめんすら出てこない。これらは僕に気を遣うならノーのときはノーと言うべき質問だろう。

うらむ……。今すでに様子がおかしいんだから間違いなく何かあったんだし、それが何にせよ、気持ちについては傷ついたとも言えるんだろう。でも肉体的には？何もないんだったらノーと言ってくれそうなものだ。

答えてくれないってことは、身体に何かが起こったと言えないこともないってことだ。つまり何かが起こったのだ。

「病気？」

「…………」

「怪我？」

「…………」

「セクハラ的なこと？職場で」

「……ううん。そういうんじゃない」

お、と僕は思う。とうとう椋子から言葉を引き出せた。それに、その質問にノーを返してくれると結構ホッとする部分が多い。内心良かった、と思う。僕の妄想は暴走して強姦（ごうかん）だの何だのってところまで悶々と彷徨（さまよ）っていたりしたのだ。

よし。

「じゃあさ、その何事かは、椋子自身に起こったこと?それとも……」と言いかけてまたイエスノーじゃなくなってるのに気付く。「それとも取り消しね。それは椋子に起こったこと?」

「………」

「それとも……」と言いかけた僕に椋子の声が重なる。「え?何だって?」

「………」

「椋子に起こったことなの?」

「……うん」

そうか、とこれについては気持ちが重くなるが、心のどこかでは穂のかじゃなくて良かった、としてる部分もある。でも椋子だったからマシだって訳じゃない。

「椋子は、それのせいで、お通夜にもお葬式にも出る気にならないってこと?」

「……うん……ごめんなさい」

「うん。まあそれについてはゆっくり話を後からするとして、」と僕は言っておく。「椋子は、俺に会いたくないってこと?原因が大体でも判れば説得できるかもしれない。」

「………」

うお。ここでも返事がないのか……。ノーと言ってくれないってことは、ある意味当たっているのだ。椋子は僕に会いたくないのだ。

ってことは問題は大きいし深いぞ。

「……ごめん……」

と言われて僕は本当に、胸がニキュウと音をたてて締め付けられる。認められてしまった。それを僕に伝えることができるほどに、椋子は僕に会いたくないのだ。

「他に、好きな人ができたの？」

「…………えっ、ふう、すぐ、……く」

椋子が泣いている。

僕は絶望的な気分になる。

頭がぼうっとしているのに、一部が猛然と働いていて、ああ明日明後日の通夜と葬式は僕だけで出席するんだ。そしてその後で椋子と本格的な話し合いが始まるんだ。離婚するとなったらいろんなものを分け合うけど穂のかは一人だけだから取り合いになるかもしれない。僕は椋子と争わないといけなくなるかもしれない。でもそんな遠くの話じゃなくて、明日からはもう今日までとはまるきり違う日々が始まるんだ
……！

「……ぐ、ふう、ごめん……」

「ごめんじゃないよ」と僕は思わず言う。「どうして今日なの？他に言う日あるんじゃない？」

それともかなしい日を一日にまとめてくれたんだろうか？椋子の優しさで……。

「ごめん。す、っつ、違うの。違う。そういうんじゃないよ。ううう。好きな人なんていないよお、うううう」

えっ⁉

「あ、そうなの？」と僕の声は途端に明るくなる。笑ってしまう。「あはは。いや椋子紛らわしすぎるだろ。こんなタイミングで」

いや僕は安堵してる場合じゃない。僕の心配と椋子の身に起こってる何事かは別物なのだ。

「ごめん……う、っぐう……ふす、うううう……」

「俺もごめん。向こうでは何も解決していない。ちょっといろいろ考え過ぎちゃって……。ねえ、もうそろそろ何なのか、教えてくれない？」

「……ごめんね？あのね？……私……身体の、っふ調子、っぐ、おか、おかしいみたい」

「え？……あ、普通に風邪とか？」

「違う。癌（がん）」

「え？」

「ううう、癌。っぐ、ふうう、う、癌」

「癌って、キャンサーってこと？」

泣き声しか返ってこないけど、そういうことなのだ。

それ身体の調子が悪いって表現で言うことか？

僕は椋子の泣き声を聞きながら立ち尽くしつつしばらくまた頭のどこかがグルグル考えてることに付き合うけど、病院だの手術だのの想像に続けて、おいおい祖父の分のすぐ後に椋子のお通夜と葬式が控えてるんじゃねえだろうな、と思って止めておく。ろくでもない。

「癌って……どこの？」

と訊きながら、まだ若いんだから大したことないに違いない、と信じている。癌ってのは段階があるはずだし、……。

「膵臓（すいぞう）癌だって……」

え？膵臓？

膵臓ってどこにあるどんな内臓なのよ。

それ若い奴がなる癌か？

「ふうん……よく判んないから後で調べるね。段階はどれくらい？」

「三だって……」

「三？」。たぶん癌の段階って四段階に分けられるのが一般的だから、じゃあ最悪ではないだろう。そのはずだ。「三だったらじゃあ……」

「近いうちに手術するけど、成功する確率、凄い低いみたい。……うう、」

「低いって？」

「ふ、ご、五年で、一、一割だって」

「ええ？何のこと？」

いよいよ泣き方が激しくなって、「ごめん。また明日ね」と言って椋子は電話を切ってしまう。

で、帰って即座にネットで調べて五年で一割の意味を知る。

五年生存率の話をしていたのだ。

一割。

どうやら二年か三年以内に再発して死んでしまうのがほとんどで、胃癌や肺癌よりもずっとまずい。

電話したけど出ないので、メールすると返事が来て明日の朝一番で帰る大丈夫お葬式までちゃんと出てきてって押し問答。『ごめん（絵文字）もう眠いから寝るね』ってメールが三時に届いて僕も座敷に敷かれた布団に入るが、眠れない。でも目は冴えているし頭もかっかしてるのに何も考えられない。

穂のかと椋子の顔が代わりばんこに繰り返し現れる。点滅に疲れて明け方にようやくうとうとして、僕は最後に全てが自分のせいだと思う。

椋子が病気になるのを防げなかった……。

　朝になっても椋子が東京に帰ってくる必要はない手術の日程も決まってないとメールで言い、僕は気付く。『今どこ？』『病院』『やっぱり。何か症状が出たの？』『うん』『黄疸？』『違う。勉強したね（絵文字）……下痢（絵文字）きゃー（絵文字）（絵文字と背中の痛み（絵文字）（絵文字）』『やっぱり東京帰るダス』『大丈夫（絵文字）』

　メールだと少し明るさも見えるようになってきた。

　僕はお通夜とお葬式に出て火葬場に行って骨を骨壷に入れてその足で玄関においてあったバッグだけを引っ掴んで東京に帰る。家の人間には何も言わない。ちょっと仕事で、みたいな雰囲気で出ていくと誰も何も訊かない。家族が多いとこういうときに便利だなと思いながら呼んでおいたタクシーに乗り込み、四時間後には聖路加病院に飛び込んでいる。

検査入院で三人部屋に入っている椋子は一番奥のベッドにいてお義父さんとお義母さんがそばに立って笑いかけているが明らかに落ち込んでいる。なんだか《笑顔》に最低限必要な肉だけを残して後はごっそり削り落としてしまったみたいに見える。その《笑顔》だって目の錯覚を利用しているだけで本当はいろんなものが足りないような気がする。

「こんにちは」

と僕が声をかけるとお義母さんが僕を見て笑顔を保ったままほんの微かに《さ、坂本家の一家団欒はとりあえずおしまいにしなきゃ》という顔をする……ように見えるだけで僕の考え過ぎだろうか？

「あらら智さん、早かったわね。あちらのご両親は大丈夫？」

「はい。すいませんもっと早くに駆けつけたかったんですけど」

「不幸が重なっちゃったわね」

お義母さんは冗談みたいに言ってお互いを慰めているつもりかもしれないけど、祖父の不幸と椋子のこれは別物だ。

「お前その言い回しは縁起悪いよ」

とお義父さんも笑いながら言ってくれる。

それから僕は椋子を見る。

「ただいま」

「おかえりー。疲れたでしょ。もう一つ椅子あるから荷物降ろして座んなよ」

と笑う椋子は僕が二日前に東京を離れるときに手を振った椋子とまったく変わってなくて、病気だなんて騙されてる気がする。お義父さんやお義母さんのほうがよほどやつれて見える。一昨日のあの泣きじゃくってた電話も幻だったかのように椋子は笑っているが、昨日、今日と時間は経っているのだし、椋子の中で少しずつ折り合いをつけてきたのだろう。それに椋子はお義父さんやお義母さんに気を遣うタイプの娘なので、悲しませまいと気を張ってるのかもしれない。実際椋子も昨日の夕方になるまで実家に連絡を入れることができなかったのだ。

僕は壁際の丸い椅子に座る。

「あれ？穂のかは？」

「お兄ちゃんとこ」

「あ真一君来てるの？」

「実家にね」

「病院には来てないんだ」

「病院で騒ぐと他の人に迷惑だからねえ」と言ったのはお義母さんだ。穂のかはそんなにうるさくする方じゃないはずだし別に子どもが騒いだら注意するし、ちょっとくらいキャッキャ言っても周りの人だって迷惑がりはしないんじゃないかと思う。これは親の勝手な想像で、人は子どものはしゃぐ声が騒音に聞こえるんだろうか？僕自身は昔からよほど行儀が悪ければ困るけど子どもが騒ぐ声は嫌いじゃなくて、でもまあ他の人の感じ方はいろいろだから、確かに連れてこないっていうのが正解なんだろうけど。

「具合どう？」

「うん。大丈夫」

とこの場では言うだろうな。

それからお義母さんがやってる着物の着付け教室のお客さんの話が始まり、椋子がそれに突っ込んだりお義父さんや僕に話を振ったりしながらワイワイと過ごしていると普段と本当に変わらない一日みたいだが、やはり違う。隣の二つのベッドに寝ているのも癌患者さんらしくて食事をしながら食べてすぐのものを吐いてしまったりダルいダルいと看護師さんに訴えたり家族を困らせたりしていかにも闘病生活進行中で、それは未来の僕たちの姿で、普段通りのお喋りを楽しみたいお義母さんたちもその雰囲気に気付かざるを得ない。段々と言葉数が減り、僕たちはゆっくりと諦めていく。抗っても仕方がないのだ。僕としても気楽なふりをするより楽な気がする……。

っていやいや。こんなの雰囲気にのまれてるだけだ。努めて明るく振る舞えばいい。

「椋子、これから頑張ろうね」

と僕が言うとお義母さんが切れる。

「そんなの自分のことじゃないから言えるんだよ。椋子は大変なのに。それに頑張ろうなんて周りが軽々しく使っていい言葉じゃないのよ？」

「平気だよお母さん」と椋子が言う。「別にいいよ頑張ろうで」

「無神経だと私は思いまーす」

「やめて」

お義母さんが僕の台詞をあげつらうのは初めてじゃない。大抵僕の方が間違ってるんだけど、正論を振りかざされるのに反発した僕とお互いニコニコと笑いつつ言い合いになる場合が多い。今だって『お義母さん、また一見正しいことを言ってるように見えますけどでもそれは浅い言葉の表面のみの正しさですよ。言う本人に当事者意識があれば、頑張ろうって言葉は自分も一緒に痛みや苦しみを分かち合うっていう宣言だし、責任を全うすると誓う、大事な言葉です。それを本人じゃないから、他者だからってことだけで封じるんじゃなくて、確かに本人の代わりにはなれないけれども一緒に苦しませてほしいと使うのは許してくれてもいいんじゃないですか？おっしゃる通り軽々しく使っていい言葉じゃないかもですけど、責任感を持って言うときには』みたいなことを言いたいのだが、やめておく。ここは病院だし、『そんなのあなたの自己満足なだけでしょ』とか『他人の一生懸命さが本人にはプレッシャーになるだけってことがたくさんあるのよね』とか、簡単に言い返されることも判っている。それにどこまでいってもお義母さんの方が正しい。僕は結局の話、言い返せるってところを見せたいだけなのだから、間違いを重ねていくだけなのだ。

「僕は無神経かもしれませんけど、椋子との間ではちゃんと通じてますよ」

と僕がにっこり言うとお義母さんも

「ま、夫婦の会話だしねー」

と笑って言う。

「そうだよ。お前の言い方だって無神経なんだから」

とお義父さんがワッハッハと言ってくれるので助かる。


主治医の高木（たかぎ）先生によると椋子の膵臓癌は確かに三期だけれども、日本膵臓学会で定められてるところの三期であってＵＩＣＣ分類だと二期に当たるらしい。癌は膵臓の外にも転移しているが、近場にまとまっている。リンパ節にも入っているがそれほど広がってはいない。大事なことは、切除手術が可能であるということだ。

やった！

僕が法要の合間にネットなどで調べたところだと、切除手術ができるかどうかが重要で、治療の難しい膵臓癌では、やっても意味がないと判断された場合切除手術自体が諦められてしまう。

「根治が可能ってことですか」

「手術で癌細胞を全て取りきることができれば。それでも再発の予防のために化学治療を受けてもらうことになると思いますし、少なくとも五年は様子を窺（うかが）うことになりますが」

「良かった。ありがとうございます。よろしくお願い致します」

と僕の反応が楽観的過ぎたのだろうか？ 高木先生が言う。

「加藤さん、しかしながら手術が完全に上手くいったとしても、このタイプの癌はほとんどの場合数年内に再発してしまうのです。悲観する必要はありませんが、この病気についてはご家族の方々にもご勉強いただいて、患者さんのＱＯＬ、つまり生きていることの価値や楽しみを大きくしていってもらえるよう、どうか覚悟を持っていただきたいと思います」

それも知ってる。今ここで言う必要があるのか？ と思うけど、僕が知ってると高木先生は知らないのだからしょうがないだろう。

とにかく完全に可能性がなくなったわけじゃないのだ。

頑張れるということだけで、僕は嬉しい。

そして手術が行われる。早く切っちゃってほしいと僕が内心待ち望んだ手術だ。僕は五年後のことを考えている。手術の日から五年後、再発が起こらずに無事完治が宣言される日は、手術の日が早まればそのぶん近くなるはずで、僕は待ち遠しくてしかたがない。手術を怖がる椋子を励まし、急き立てるように手術室に送り込む。手術の直前、椋子が言う。

「ごめんね。もし万が一私が帰ってこなかったら、穂のかのことよろしくね。今までありがとう。愛してるよ、本当に」

「俺もだよ」。あれ？と思う。こういう場面をちゃんと想像していたのに、僕はまともに言葉を返すことができない。「……愛してるよ」と言うのが精一杯で、いろいろ準備していた台詞が全てどこかに消えてしまって思い出せない。「すぐそばで待ってるからね」

「うん。ありがとう」

それから穂のかをお義母さんに連れてきてもらう。

「ママーしじゅつ頑張ってね」

「うん。頑張るね」

お義母さんも言う。

「あんた、頑張んなさいよ。子どもが待ってるんだから」

「判ってる。お母さん、一応言っておくね。ありがとう。お世話になりました」

「……駄目（だめ）よあんたそんなことでは」

「万が一ってこともあるから。お父さんは？」

「あなた」とお義母さんに呼ばれてお義父さんが近寄ってくる。

「おう」

「お父さん、行ってくるね。帰って来れないときのために言っておくね。これまでありがとう。本当に。お父さんにはたくさん助けてもらって……感謝してます。ありがとう」

「うん」

お義父さんが親指と人差し指で目元を押さえるが、涙はこぼれて落ちる。

「ママ……」とただならぬ気配に不安を感じた穂のかが泣き出しそうになって、お義母さんが「さ、お母さん頑張ってくるからね。あっちで皆で応援してよう」と言いながら連れ去ってしまう。

「いってきます」

と僕とお義父さんを見ながら椋子が言う。

お義父さんは返事ができない。

「心配かけてごめんねお父さん」と椋子が言い、僕の方を見る。「皆のことよろしくね、智」

「うん」

と、僕もこれを言うのが精一杯だ。

そして椋子がオペ室に入り、手術が始まる。

待合室に行くと、穂のかを抱いたお義母さんが
「頑張れって連発しちゃった」

とすまなそうに笑う。

「あれで良かったんじゃないですかね。ああ言いたかったんだし」

と僕は言う。そんな台詞、そもそも僕は気にしていない。もちろん、あ、お義母さんも頑張れって言っちゃってるとは思ったが、でもその言葉しか出てこなかったのだろうし、あそこではふさわしかったと思う。それにきっとここに来てそんな台詞が今さら椋子の重荷になるとは思えない。

「頑張れとしか言いようがないですよね」

「ううん。私、いろんな台詞考えてきたんだけどー、いざとなると全部飛んじゃって」

それはつまり頑張れとしか言いようがなかったということだ。

それから三時間後、癌の摘出は完全にできたらしいのだが出血が酷くて椋子は危篤

状態になる。血は止まったのだが容態が安定しなくて胸を開けるから、ということで僕が同意書にサインをしていると穂のかを連れてお義母さんがどこかにいなくなる。

携帯に電話する。

「今どこにいるんですか？」

「ごめんね。私もういたたまれなくなってー」

「いいから戻ってきてください。ひょっとしたら椋子最期ですよ」

「でも穂のちゃんに母親の血まみれの姿、見せるべきじゃないと思うの」

「……お義母さんはいいんですか？」

「私はほら母親だから。それにさっき手術前に元気な姿見れたし、椋子意識がないんでしょ？あれでいいよ私」

時間がない。「じゃあ、何か変化があれば連絡します」

「お願いしますー」

僕とお義父さんで手術室に入る。台の上に手術着姿の椋子が寝ていて口にはチューブが差し込まれていて腹と胸が切り開かれている。もう死んでいるようにしか見えない。ここまで切り刻まれて人間が生きているとは思えない。

「うわ〜椋子頑張ったな……」とお義父さんが言う。

過去形だ。

でも違和感がなかった。

お医者さんがしゃもじみたいなのを二本両手に持って胸の穴に入れる。電気ショック。

それで脈拍のリズムが戻る。安定する。意識が戻る。椋子が目を開ける。

「椋子！」

椋子がボンヤリとした目で僕を見て、何事かを言いたそうに口元をモゴモゴとさせるが、管が通っていてマスクをされていて声にならない。

「これ外しちゃ駄目なんですよね」と僕が椋子から目を離さずに言うと背後で椋子のお腹の中に両手を突っ込んでいるお医者さんが「まだ外さないでね〜」と言う。

それから椋子が僕の背後を見てぎょっとして口元を緩める。笑ってるのだ。

振り返って見ると、僕の後ろでお義父さんは滂沱（ぼうだ）の涙を声を殺して流している。

「椋子、頑張れ」

言って、お義父さんは涙を拭わず両手をグーにして椋子の方に突き出す。

「あはは」と僕も笑って言う。「椋子、後少しだ、頑張れ！」

それから椋子は意識を失い、また心臓に直接電気ショック。もう一度。

涼子はほとんど死んで、でも死にきらずに命をつなぐ。

助かったって見た目じゃないけれど、とにかく死んでいない。僕とお義父さんは抱き合って喜び、今度は僕も泣いてしまう。凄くたくさん涙が出てくる。お義父さんと二人でそこにいた全員にありがとうありがとうと言って回った気がするけどよく憶えていない。誰かには言い忘れてる気がするし、同じ人に繰り返し頭を下げた気もする。涼子は全然生きてるように見えないが、これでしばらく様子を見ましょうっていう先生の言葉にすがるようにして僕たちは喜びを掴みとる。無理矢理引き寄せて、喜んでしまう。そうすることで涼子の延命という結果が後からついてくるはずだというように。


胸と腹を塞いで集中治療室に入った涼子が、危篤状態から目を覚ましたとき喉に管が入っていて言えなかった台詞を教えてくれる。

「あのね、『身欠きニシンちゃんと片づけた?』って訊こうとしたの」と言って涼子が笑う。

僕はミガキニシンがなんのことか判らないけど、何かのニシンだろう。

魚だ。

「でね『あーごめん寝ぼけてた』って言おうとしたんだけど言えなくてさ。寝ぼけてたんじゃないよね死にかけてたんだもんね」

身欠きニシンを後から調べてみる。頭と尾っぽを切り取って内臓を出し半分に裂いて干したニシン。

あのときの椋子の姿と重なるような……と思うけど、そんなふうに思うのは失礼な気がしてやめておく。


それから化学治療が始まる。ジェムザールって抗がん剤の投与が決まる。週一の投与で三回打って一回休み。身体がだるくなり、熱が上がる。嘔吐の様子が凄まじく、何も食べられなくて点滴で栄養を補給している。お義父さんがお見舞い……と言うか様子を見にくる。お義母さんは来ない。「あの人こういうの苦手だから」とお義父さんが笑う。こういうのってどれを指すんだろう？と僕は思う。どの苦しみ？全部？それとも娘の容態とかじゃなくて、病院の雰囲気とか？よく判らないけどそんなことはどうでもいい。

「今度穂のかも連れてきてくださいよ。ずっと椋子、穂のかと会ってないし」

「うん。でも椋子は辛くないかな」

僕とお義父さんは椋子を見る。

「会いたいけど、確かにこんな様子見せるの嫌かも」

と椋子は笑ってみせるけどこんなの絶対お義父さんの空気を読んだのだ。

「でも点滴が抜けてるときだってありますし、調子のいいタイミングだってありますから」

「うーん。でもそのタイミングを計るのも大変だからねえ。もうちょっと椋子が落ち着いてからでもいいんじゃない？娘の顔見て気合いを入れたいんだろうけど」

そのほうが波風立たないよ、ということだ。お義母さんが穂のかをダシにして病院に来るのを避けているんだろう。病院に来れないのが自分だけになるのが嫌なのだ。

「うん、今はお薬の副作用も強いし、また様子見てって感じでいいよ」

と椋子が言うとお義父さんがホッとする。

穂のかに会いたいなって昨日も言ってたじゃん、と僕は思うけど、椋子と穂のかとお義父さんを間に挟んでお義母さんと綱引きなんてしたくないので言わない。

穂のかは国領のお義母さんたちの家に預けっぱなしみたいになっている。調布の保育園に通わせていたのをお休みさせて、でも坂本家の周囲の保育園も満杯で、しょうがないから無認可の託児所に通わせている。僕は病院から仕事に行き、病院に帰って椋子のご飯に付き添い、それから坂本家に寄って穂のかやお義母さんたちとご飯を食べ、穂のかと風呂に入り、また病院に戻って椋子の様子を見ながら眠る。

穂のかは「早くママ退院するといいなー」と言う。お義母さんが「ねー」と相づちをうつ。穂のかが病院に遊びに来ればいいんだよと言いたいところだけど椋子の「穂のかに弱ってるところ見せたくない」って言質を取られてしまっていて、お見舞いに連れていこうとするとお義母さんが正面から反対してくる。

「母親の惨めな姿見て、穂のちゃんが傷ついたらどうするの。可哀想じゃない」

とお義母さんが言ったとき、僕は頭がかーっとなるが、言いたいことがたくさんあり過ぎて、そしてそのひと言ひと言にお義母さんが全てもっともらしく言い返してきそうで、言いたくなくなる。面倒くさい。僕も疲れているのだ。

でもそのひと言は僕の中に立ち往生した山びこみたいに繰り返し繰り返し響いていて、二日経っても僕はまだ怒っている。惨めって何だよ。本当に可哀想なのは穂のかか椋子かどっちなんだよ。穂のかが椋子の様子を見てママ可哀想と思うことでどれだけ傷つくっていうんだよ。それにそもそもそういうのは傷になるのか？誰かを強く可哀想と思うことは？

「そもそも母親の苦しんでる様子だって見ておけばいいんだよ。この世にはそういうかなしいものがたくさんあるんだし、過保護になりすぎてそういう苦しみやかなしみを見てないと、現実と乖離しちゃうよな」

……という愚痴を椋子に吐き出してしまって反省していると、椋子が言う。

「それって智が『ドナドナ』嫌いだってことと矛盾してない？」


どうして人はわざわざかなしい思いをするのか。

病院なんて場所に単に出向かなきゃいいのに？


「いや全然違うでしょ。あれは歌の話だしこっちは人生の現実の話なんだから」と反射的に言い返してからゆっくりと僕は悩み出す。

あれ？

……確かに僕は『ドナドナ』なんて余計だ、無闇にかなしくて最悪だと言いながら別の『ドナドナ』を穂のかに押し付けようとしているのか？

僕が『ドナドナ』が嫌いなのは、結局のところ現実世界にいろいろかなしいことがあるのにどうして歌を聴いてまでかなしい思いをしなきゃいけないの？ってことに尽きる。それもどうして子どもの頃の多感な時期にそんなかなしみを味わわなくてはならないの？

で、今は現実世界にいろんな形で待ち構えているかなしみに備えるためにも母親の苦しんでる姿を見せるべきだと言っちゃってるわけだ。母親もその母親も別に見せたくないと言っているのに。穂のかだってそれを見たいと言ってるわけじゃないのに。


早くママ退院するといいなー。


確かに僕は矛盾している。

でもそれを認めずに口先だけで言い返し、自分の倫理的上位を守ろうとしている。娘の苦痛を直視できない母親と、それをすべきだと考えてるけど相手の気持ちを配慮して言わない義理の息子ってか。僕はろくでもないタイプのいいカッコしいに落ちぶれたのだ……って以前からそうだったのかもしれないけど。少なくとも、僕が誰かに対して倫理的上位にいたなんてことはたぶんないんだろう……。

優しい椋子は僕が落ち込んでるのに気付く。

「ちょっと、たまたま出てきた台詞が自分の気持ちと矛盾するくらいよくあることだからさ、気にしたってしょうがないよ。それにさっきのって私と穂のかを会わせたくって言った台詞でしょ？それは思いやりじゃん。さっきのなんて単なる言い間違いだよ」

ああそっか……と椋子の言うことが正しそうに聞こえるけれども、椋子の慰めに乗っかってさらに自分を誤魔化そうとしてるんじゃないかとまた余計なブレーキがかかって僕はこの暗い気持ちを振り払えない。

けどそんなのは良くない。

ここでは僕の気持ちが最優先されるべきではない。椋子は癌で入院していて手術が終わったとこで抗がん剤の投与が始まって副作用に苦しんでいるところなのだ。全てのケアが椋子に集中すべき場所だし時期だ。椋子に気を遣わせてどうする。

僕はもっとしっかりしなくては。

「ありがとう椋子。俺の間違いは間違いだから、正すよ」

「うん」

「実際のところ、椋子、穂のかに会わなくても平気？」

「平気じゃないけど、しょうがないよ」

「しょうがないって？」

「しょうがないって言うか……よく判んない。穂のかがショックだとやだなとは思うよ」

「そりゃそうか。でもちょっとくらいショックでも、会えばいいと思わない？　家族なんだし、苦しいときも辛いときも一緒にいるもんでしょ、そもそも。病気だったらお母さんらしくないってことではないはずだし」

「まあね……でも子どもの前では明るい元気なお母さんって感じで振る舞いたいのは本当だよ」

「そうだねえ……」

答は出ない。

しつこく付き合わせるわけにもいかない。こんな話をしている間も椋子はずっと熱があっていささかぼうっとしている。

「どうせもうすぐ退院だしね」

だからこそ、一度くらいはお義母さんにも穂のかにも病院に顔を出してもらいたかったのに。

……まあいいか。

家族としての形だけの振る舞いをそんなに強く求めても仕方がない。

四月の退院の日、初めてお義母さんと穂のかがやってくる。
椋子は入院の七十三日間で体重が七キロも落ちている。百六十九センチで背が高かったのに今は身長すら縮んで見える。

穂のかは気付かない。

「ママー久しぶり！」「穂のちゃん久しぶりだねー元気にしてた？」「うん。ママ病気良くなった？」「良くなったよ〜」「でも保育園の遠足とか運動会とか、来れないんでしょ？大丈夫だよ穂のちゃんお友達いるから」「あらそおお？大丈夫かー」

お義母さんが吹き込んだのだろう。
不意の台詞に椋子の顔つきが少しだけ歪んでいるが、それも穂のかは気付かない。
お義母さんに悪気はない。こういうのが椋子にとってショックだってこともよく判っていないだけだ。それに、お義母さんだって穂のかと椋子のために状況を説明し、二人が辛い思いをしないよう気を配ってくれたのだ。実際五年間は椋子はジェムザールを受け続け、入院していたときと同じく倦怠感と嘔吐と発熱と食欲不振に付き合わなきゃいけないのだ。

　僕は目の前のかなしみに考えを奪われすぎる。

　こうして退院できた。今のところ癌細胞は見当たらない。再発の心配だけしてればいい。これは二ヵ月半前よりもだいぶ良い状況なのだ。

　その夜、二ヵ月半ぶりに椋子と一緒に寝た穂のかがおねしょをしてしまう。

「ちょっとー」と言う声に目を覚ますと、隣で椋子がうつぶせになった穂のかの首の後ろを手で摑み、顔をベッドに押し付けている。「もうー何してんのよ」

　穂のかが声もあげず動かないので、すでに重大なタイミングは過ぎ、娘は殺されてしまったんだと咄嗟に思う。

「ごめんなさい」とシーツで声をぐもらせて穂のかが言う。「もうしない」

「椋子」

　と僕が声をかけても椋子は穂のかの首から手を離さない。

「躾中」

「乱暴しちゃ駄目だよ」

「……躾だって。もう……着替えてくるからシーツと布団、交換しといて」

　椋子が穂のかの首から手を離し、ベッドを出てウォークインクローゼットに入っていく。

すっか、すっか、すっか、くくか、くくか、くくか、と何か小さなエンジンでもかかるような音が聞こえて、見ると、ベッドに起き上がった穂のかが過呼吸でも起こしたみたいに肩と胸を上下させながら泣き始めている。あまりの恐怖にうまく泣くこともできないのだ。しばらくくくか、くくか、し、し、し、し、とやってから

「う、ううう、うううううううえええええええん」

と泣き声が出てきて涙もあふれ落ちて、良かった泣けたと僕はホッとしてしまう。

「大丈夫だよ穂のか」と言って僕は身体を起こし、穂のかを抱きしめてやる。

「えええええええええええ」

「うるさい！」

ドン！とクローゼットのドアが内側から叩かれたか蹴られたかする。

ビクッ！と僕の腕の中で飛び上がった穂のかが「キャーーッ！」と悲鳴を上げてからまたさらに大きな声で泣く。「ああああああああん！ごえんなさあああああああい。ごおおえええええええんんなさああああああああああああいいいいい」

「よしよし穂のか。大丈夫だよ。さ、お着替えに行こうか」

僕は泣きじゃくる穂のかを抱き上げて濡れた尻に構わずとにかく寝室を出る。

「ええええええええんんん」

　耳元で穂のかの泣き声を聞きながら、僕もドキドキしている。椋子があんなふうになるのを初めて見た。まるで別人みたいだ。どうしたんだろう？寝ぼけてたんだろうか？椋子の寝起きがそんなに悪かったような憶えはないけど、でも異常だ。穂のかに乱暴するのも僕が知る限り初めてだ。あんなふうに椋子が振る舞えるなんて、これまで想像すらできなかった。

　風呂場の脱衣所で穂のかのパジャマとパンツを脱がせていると椋子が来る。

　ドアが開き、穂のかが緊張する。

「……ちょっと、ごめん」

　と言い始めるので椋子が穂のかに謝りにきたんだと思って安心しかけるが、違う。

「シーツのほう先やってよ。その子はそのままそこに立たせておけばいいからさ」

　びっくりあっけにとられてしまう。穂のかがまた「ううううう〜っ」と絞り出すように泣き始める。

「すぐ行くからちょっと待っててよ」

「やだって。疲れて眠いんだから。今やってよ」

「穂のかを放っておけないだろ」

「いいってば。その子こっち連れてこないで。智だけで来てよ」

「あああああああああん」

穂のかには言ってる言葉が判ってるのだ。

「椋子、どうしたんだよ」

「どうもしてない。穂のか!うるさいよ!」

「っきゃあああああああっ!」

「うるさいってば!」

僕は椋子が片手を上げて穂のかに踏み出すのが判る。僕は中腰のまま椋子と穂のかの間に割って入る。

「どいてよ!」

「何してんだよ!」

「うあああああああん怖いいいい!」

僕にしがみつく穂のかの頭を椋子が僕の肩越しに無理矢理叩く。

「きゃあああっ!うあああああああん」

「もう!あんたうるさいって!」

無茶苦茶だ。

「椋子！あっち行ってろ！」と僕は穂のかの頭に手を置いてカバーしながらスッポンポンの穂のかを抱き上げる。「すぐ行くから！」

「その子連れてこないでよ！」

「早く行け！」

バン！という音はドアを閉める音じゃなくて椋子がドアを殴った音だ。

うわあ……と僕はただただ驚く他ない。別人みたいとかじゃない。完全に別人だ。あれは椋子じゃないぞ。

泣いてる穂のかをとりあえずバスタオルでくるみ、リヴィングに連れていき、ソファに座らせる。

「ちょっとママの様子見てくるね。穂のか、少しここで待ってな。着替えも取ってくるから。待てる？」

穂のかが頷く。平気なはずはないんだから、急がなくては。

僕がリヴィングを出て寝室に戻ると椋子がデスクの椅子に座って目元を手の平で覆っている。落ち着いたのかな、泣いてるのかなと一瞬思ったけれど、椋子が「遅い。早くしてよ」と言うので、ああこれはまだ続いてるんだ、これは一瞬の錯乱じゃないんだ、これはこれで椋子なのだ、と僕は知る。

僕は無言のままシーツと布団を剝ぎ、マットレスの上にバスタオルを敷く。それから新しいシーツをかぶせて客用の毛布と布団を出して敷く。

「敷けたよ」と言うと椋子がのっそりと立ち上がり、ベッドに四つん這いになり、ヘッドボードまで這い上がって倒れる。ありがとうもごめんねも普段の椋子の言いそうな台詞は一切出てこない。暗い部屋の中でも判るほど不機嫌そうな顔でそっぽを向いて苛立たしげに布団と毛布をかぶる。

話ができそうな雰囲気じゃないので、僕はクローゼットから穂のかの着替えを手早く取り出し床の汚れた布団とシーツを抱えて寝室を出ようとする。

「どこ行くの」

椋子に呼び止められ、僕は立ち止まる。

「穂のかのところ」

「何で穂のかのことばっかり優先するの」

「おしっこで濡れてて可哀想だろ。まず着替えさせて、大人は後でいいじゃん」

「私の方が可哀想でしょ！」

ええ？そりゃそうかもしれないけど……「どうしたんだよ椋子。せっかく家に帰って来れて、穂のかとも一緒に暮らせてるのに」

「私、智と二人だけで暮らしたい」

「ええ……？」。穂のかがここにいなくて良かった。

「智はそうじゃないの？」

「穂のかも家族だよ」

「…………」

椋子が僕に背中を向けたまま黙ってしまったので、僕は寝室を出てリヴィングの穂のかの様子を見る。バスタオルを巻いたままじっと座っている。起きている。泣きやんでいる。

「穂のか、さあ着替えようか」

新しいパンツを穿かせていて気がつくが、僕が急に動き出したり穂のかの方に手を差し伸ばしたりするたびにビク、ビク、と全身を緊張させている。

「ごめんな穂のか。ママは今病気で辛くて、気持ちが大変なんだ。穂のかのことを本当に怒ってるわけじゃないよ」

すると黙ったままの穂のかがパジャマを着終わったくらいに言う。

「おばあちゃんとこ行って寝たい」

時計を見る。夜中の二時半。この顚末。**私、智と二人だけで暮らしたい**。ここで穂のかと椋子に距離をとらせたくない。

「大丈夫だよ。ママもう怒ってないから」

穂のかを抱き上げて恐る恐る寝室を覗くと椋子は寝ているようだ。

一旦ドアを閉じ、念のため穂のかをトイレに連れていく。やはりほとんどおしっこは出ない。

それから寝室に戻り、そっとベッドに入る。椋子、僕、穂のか。穂のかがベッドから落ちないよう穂のかを抱いてやる。

ここそこ声で穂のかが言う。

「パパ、おばあちゃんちで寝ちゃ駄目?」

バチーン!

穂のかの頬を叩こうとした椋子の手が僕の顎をしたたかに打つ。

「った!」

「きゃあああああっ!」

「勝手にしたら!馬鹿!」

泣いてる穂のかとリヴィングに寝ようかと思うけど、怖い怖いと泣き続けるし明日以降もこんなふうだとどうせ続かないのだ。穂のかのためにも椋子のためにもそれがベストなのかもしれない、と僕は穂のかを抱いてタクシーに乗り、国領まで向かう。携帯で起こし、説明すると、すぐ連れてきていいと言ってくれる。もう向かってるんだと言うと「うんうん。いいよいいよ智君。遠慮せずに。椋子もいろいろ辛いだろうし、子どもなんか病気の邪魔だから」とお義母さんが言う。

病気の邪魔？

家族なのに……。

僕は虚しい。

次の日も椋子は穂のかの話をしようとしないので、国領の方に預かってもらうことになる。

「いいよいいよ」とお義母さんは言ってくれる。「穂のちゃんうちの子になっちゃいなー」

隣に穂のかがいるらしい。

どうして穂のかを差し出してしまったんだろう？と僕は怖くなる。

電話を切って寝室に戻ってきた僕に椋子が言う。

「ごめんね智。大好きな穂のかを遠ざけちゃって」

僕は立ち尽くしてしまう。

どうしてこんなふうになってるんだろう？

「椋子は穂のかのことが嫌いになったの？」

と僕は聞かざるを得ない。こんなことは口にも出したくないのに。

椋子が言う。

「だってあの子、病院に見舞いにも来ないんだもん」

……え？「何それ。本当にそういうこと？」

「大事なことじゃん。酷いでしょ」

「けど四歳児だよ？」

「でも来ようと思ったらお母さんとかお父さんに頼んでいつでも来れるでしょ？」

「いやそのお義母さんこそが病院に見舞いに来ようとしなかった張本人であって、そのそばにいたから穂のかも来れなかったんでしょ？お見舞いに来ない理由に使われてたんじゃん」

「お母さんはそういう人だもん」

「だったら理解できるでしょ」

「何で？」

「……何が？」

「何で私が悪いみたいに言うの？」

　えええ？

　もうどうして会話の展開がそんなふうに突飛なのか本当に判らない。

　いくらなんでも論理的じゃなさ過ぎる。

「何をどうしたいんだよ、椋子。せっかくうちに帰ってきたのに……」

「ごめんね智。平和じゃなくて」

「………」

「私と結婚して損したね。病気になる以前に、そもそも私、家族とか好きじゃなかったし」

「……楽しくやってきたじゃ〜ん……何でそんなふうに言うんだよ」

「楽しくなんてなかったよ」

　そんなふうに言い捨てるのを見て、嘘だ、と思う。その台詞にそれなりにダメージを受けているけど、でも嘘が見透かせたおかげで大きな救いがある。

　売り言葉に買い言葉みたいなものだ。

僕を攻撃し、傷つけるために言ってるだけだ。あるいは自分自身を。

「そんな台詞、俺には信じられないよ」

と僕は言い、椋子がまた何のかんのと僕を挑発してくるけど、相手にしない。

僕はこの生活を立て直していかなくてはならない。二ヵ月半の入院の間にいろんな物事がぐちゃぐちゃになってしまったが、もう家に帰ってきたのだ。椋子の体調はまだ良くないものの、ここから僕たちはまた歩み出していかなくてはならない。

僕の生活スタイルは入院中のものに戻る。椋子のご飯を作り、仕事に行き、帰ったら椋子の夕ご飯に付き添って坂本家で穂のかとご飯。穂のかを風呂に入れたら家に帰って椋子と過ごし、眠る。穂のかの話題は出ない。穂のかもお義母さんも僕たちの家には寄り付かない。僕と椋子のいる家が穂のかの家なんだよ、という台詞が、穂のかの前で出てこない。お義父さんはよく様子を見に来てくれる。ネットなどで膵臓癌の再発予防に効くと言われてるものを自分で調べて持ってきてくれたりする。白血球の減少を抑えると言われる漢方薬や癌に効くとされるキノコ。食欲を増やす効果があるらしい体操の方法はプリントアウトだけでなく実際に自分でも練習してきてくれる。

「いやこれやってたらご飯がうまくなっちゃってさ。太り始めちゃったよ。そもそも食欲に問題のない人間がやるもんじゃないなこれ」

お義父さんと喋るのは楽しい。お義父さんは穂のかの話をしてくれる。穂のかがどこそこの保育園に移れそうだけどどうしようかあんまり加藤家に近くなるってわけでもないんだけど、とか。穂のかが椋子に宛てて手紙を書いたんだよ、とか。椋子も「あーあそこの保育園はいいところだよね、私の友達の何々ちゃんとこの子も通ってるみたいでさ」だの「保育園に持たせる道具はどこどこで買うと素敵」だのと話を盛り上げたり手紙を読んで「わあ……穂のか字、上手だねえ……」だのと言ったりする。母親っぽいような他人事っぽいような……。

椋子からの返事の手紙。

『ほのちゃんへ。いつもげんきにたのしくしているようですね。ままはまだもうすこしびょうきをなおさないといけないようです。ほのちゃんとあえなくてざんねんだなあ。げんきになったらあおうね。』

それを持って僕はお義父さんと一緒に坂本家に行く。「あ、パパーっ！おかえり

〜！」。椋子の手紙を見せ、読んで聞かせると、ご飯の間中ずっと機嫌がいい。お風呂に入れて身体を拭いて、僕はお義父さんに出してもらったビールを一杯だけ飲んでいると寝室から戻ってきたお義母さんが言う。

「はーい穂のちゃん寝ちゃいました。いい子でした。うふふ。穂のちゃん本当にうちの子にしちゃいたいわー」

「あはは。あげませんよ」と僕が笑うとお義母さんは「でも本当の話、」と言う。

「数年先の椋子のこと、判らないもんねえ。これくらいの距離感で暮らしてた方が椋子にも穂のちゃんにもいいのかもね。うふふ。こんな感じだと、椋子が死んでも気付かせずにやってけそう」

そこで僕は胃痙攣を起こす。

椅子から落ち、ビールを転がし、泡の中で泡を吹く。


気を失うことと眠ることとはどう違うんだろう？失神というのは強制的に睡眠導入が行われることとなのだろうか？つまり同じトンネルに押し込まれるか自分で入るかの違いしかないのだろうか？

僕は夢を見ている。

夢の中で、僕は何かの夢から目覚める。気付くと、僕はすすきの藪(やぶ)の中で寝ている。夏の夕暮れで、すすきの穂の隙間から見上げる青暗い空にオレンジ色の薄い雲が浮かんでいる。僕を呼ぶ声が聞こえる。智君、智君、と。でも僕はずぶ濡れで、このまま外に出ていっては叱られると思う。川に落ちたことも恥ずかしいし。

それで、夏だしこうやって隠れてるうちに乾くんじゃないかと思う。藪の中で体育座りをしていると、草むらを掻(か)き分けて僕のことを呼ぶ声が接近してくるので、身を屈め、やり過ごす。振り返ると、よく知らないおじさんだ。でも僕のことを探している。

そのおじさんがどこかに行ってしまうと、いつの間にか僕を呼ぶ声はなくなっている。

しーんと静まり返った河川敷で、風がすすきの藪をくぐるびふうう、しびゅううって音だけが聞こえる。服が濡れたままで寒くなってくる。僕は震え出す。もうそろそろ誰もいないみたいだし、こっそり帰って服を着替えよう、と思って立ち上がると、堤防の上に三人の人影が見える。

あれは僕だ。

僕と、椋子と、小さな穂のか。

ああのときのすっごくかなしかった夕方だ、これは。

可哀想なので僕は僕に声をかけてやろうとする。おーい、僕はここにいるよ、と。でもそのとき、背後からばちゃん、ばちゃん、と水の跳ねる音がして、振り返ると、夕焼け空の映る川を一人の男の子が溺(おぼ)れながら流れてくる。泣き声が水面に沈んだり浮かんだり。それは見知らぬ男の子だ。でもその子が誰だか僕には判る。矢沢佑二君だ。

見つけた!

「佑二君!今行くぞ!」

僕はすすきの藪から出て川に飛び込む。夏だから水はそれほど冷たくない。でも服を着たままだからあまり上手く泳げない。

けど溺れてる子どもよりはマシだ!

僕は大人だから慌てない。靴で水を蹴る。服が腕に絡み付かないように大きくゆっくり水を掻く。身体を横にして左手を前に伸ばし、斜めに平泳ぎをするような感じで泳いでいくと、着実に佑二君に近づいていく。

さあ捕まえた!と佑二君の首の後ろに手を伸ばした瞬間、水面から佑二君が消える。ちゃぽん、と。潜ったのだ。そして上がってこない。

潜ったんじゃない。沈んだんだ！

僕は慌ててしまう。息を吸い込み、せーので潜ろうとするのだが上手く上半身と下半身をひっくり返すことができない。水の中でばたつく僕の足が何かを蹴る。佑二君だ！僕は両手を空中に突き出し、同時に水を蹴り、上半身ぶん水面から飛び上がり、身体を反転。指先から川に突っ込み、空中に一旦上がって水中に戻る足を漕いでようやく川に潜る。暗い水の中で、僕は手探りで佑二君を探す。いた！僕の手にぶつかったのは頭の後ろで、水中で揺れる短い髪が僕の右手を撫でる。くそ！佑二君死ぬな！僕は少し乱暴だけど我慢してくれよ、と思いながら佑二君の髪を引っ掴み、僕の方に引き寄せる。胸に小さな佑二君の腰が当たる。よし！僕は髪から手を抜き、ぐったりとした佑二君を抱き寄せ、今度は水面へと水を蹴り、掻き昇る。

ざぱん！

夕焼け空の下の、多摩川の水面に出る。

僕と佑二君は川の中央付近まで流されてしまっている。僕は稲城側と調布側のどちらが近いかなと思って見比べるが、どちらも似たようなものだ。

でも調布側の岸辺に僕と椋子と穂のかが来て、手招いている。稲城側には誰もいない。

じゃああっちだ！

佑二君を仰向けにして顔を水面から出させ、僕はまた慌てないように焦らないようにしっかり水を蹴って水を掻いて岸に向かう。

岸が近づいてくる。

これなら必ず辿り着くだろう、と思って安心したのか、僕の目に涙が浮かんでくる。

佑二君死ぬなよ。死んじゃ駄目だぞ。もうすぐ絶対助けてみせるからな。そこまで頑張るんだぞ。頑張れ。頑張れ。頑張れ。

僕は泳ぎながらワンワン泣いてしまう。熱い涙が多摩川の水で洗われる。えっくえっくやってると川の水が口に入ってきて少し飲んでしまう。

いかんいかん汚い、と思って泣いてる場合じゃないって判ってるが、涙が止まらないのだ。

もう少しだ。

もう少し。

岸の僕が僕に手を差し伸べる。

「さあこっちだ！いいぞ！」

やるなあ、僕。これできっちり佑二君を助けて、矢沢さんに知らせてやろうぜ。いいニュースだ。矢沢さんも奥さんもきっと喜ぶだろう。

「智！」

「パパ！」

と呼んだのはもちろん椋子と穂のかで、僕は東山(ひがしやま)中央病院の救急病室でベッドに寝かされている。

僕の脇に椋子と穂のかと、お義父さんお義母さんがいる。

椋子に言う。

「寝てて、夢見てたよ」

椋子が笑う。「すっごいニヤニヤしてたよ」

「いい夢見てたからね。ありがとう呼んでくれて」

「何を？」

「名前」

「呼んでないよ。穂のかと一緒にパパの顔見て笑ってたんだよねー」

椋子が首を横に倒して言うと、穂のかも同じように首を横にして「ねー」と言って笑う。

「あれ?俺死にかけたんじゃないの?」

「ただの胃痙攣だって。さすがにそれでは死なないから大丈夫」とお義母さんが言うと椋子が叱る。

「もう!ただのって言い方はないでしょ!そういうお母さんの物言いのせいだって言ってるじゃん!反省してよ!」

「はーい」

と言ってちょっと舌を出してみせるお義母さんを見ると苦笑が浮かぶが、椋子がお義母さんにそんなふうに言ってるのを同時に見ていて僕は心から楽しくなってくる。

「あははははは。椋子、もう癌治ったの?」

椋子が僕を見て笑う。

「ちょっと、まだだよ。まだ寝ぼけてんの?」

でも治ったも同然みたいに見える。

それから椋子が言う。

「何でもいいけどさ、とにかくお願いが一つだけあるから聞いて?これはもう、私だけじゃなくて、お父さんお母さん、もちろん穂のかからのお願いでもあるはずだけど」

「何？」

「死なないでね。絶対。智のこと、必要だから」

「うん。死なないよ」

と僕は言い、付け加える。

「ただの胃痙攣だもん」

「あっはっは！本当だよ」とお義母さんが豪快に笑い、皆が一瞬ギョッとしてからつられて笑う。椋子が「もう！」と言う。

あの多摩川は別に三途(さんず)の川とかじゃなかったのだ。理屈っぽい、分析可能そうな夢を見ただけだ。僕は単純な人間なのだろう。

僕は二日だけ病院に泊まることになる。椋子が看病に来てくれる。「厳密には私、病人じゃないしね」

穂のかもお義父さんお義母さんと来てくれる。お義母さんは僕の見舞いは平気らしい。

「智さんのとこに来るのは楽しいからねえ」

などと言うので椋子が不機嫌になるが、僕は言う。

「お義母さん、椋子のことになると、心配になり過ぎるって言うか、かなし過ぎて駄目なんじゃない？」

そしてそれには椋子の叔母さん、つまり妹さんを自殺で亡くしちゃったってことも関係してなくないような。これについてはつながりがうまく説明つかないので言わないけど。

「智は優しいからなあ。そんなふうに理由ばっかり探して人のことフォローし過ぎだよ」

どうだかなあ。

二日目の晩、退院する前の夜、椋子がまた言う。

「死なないでね、智」

あはは、と僕は笑いかけるが、椋子が涙を浮かべているのを見てやめる。

「智に死なれたら困る」と椋子は言う。

「死なないよ」と僕も言う。

椋子がベッドの脇で、僕の髪に手をやりながら顔をうつむける。

「死なないで」

「死なないって」

「智が死んじゃったら、私の人生、最期にかなしいしかなくなっちゃう」

「………」

「そんなふうにはなりたくないの」

絶対に死んではいけないぞ、と僕は自分に言い聞かせる。

椋子の人生を、かなしいっていう一つの感情だけに集約させてはならない。

誓って、そうはさせない。


夏には穂のかが公園で遊具から落ちて大怪我をする。秋にはお義父さんお義母さんがそれなりに深刻な喧嘩をする。続けて僕と椋子も、割と派手な言い合いをする。いつの間にか僕たちは随分賑(にぎ)やかな家族になっている。

冬に椋子の体調が悪くなり、検査入院することになる。その結果を待ってる間に、僕の福井の親戚でまた不幸がある。寒くなると老人が死んでしまうのだ。暑くなっても死ぬけど。嫌な偶然だね、と椋子がボンヤリ笑い、僕を福井に送り出す。行きたくないが、お義父さんもお義母さんもいるからと言われ、またトンボ返り前提の帰省だ。

慌てて東京に戻り、今度は検査結果を一緒に聞くことができる。

再発の兆候は見受けられないということ。

万歳！

でもお義母さんが

「よし。これで一年クリア。あと四年だね」

と言って、お義母さん以外は穂のかまでもが一気に意気消沈してしまう。

この世にかなしみはたくさんある。

だからかなしみを歌うべきなんだ、かなしみなんて平気だと思うなら『ドナドナ』もいい。

かなしみなんか少しでも減らしたい、かなしい思いなんかしたくもないと思うなら

『ドナドナ』なんて聴く必要はない。

でも結局のところ『ドナドナ』は美しい歌で、この世のいろんなものがそうであるように、ただかなしいだけではないのだ。

僕自身としては、もうすでに『ドナドナ』は出会ったし聴いたし味わってしまったし、それはどんなことをしても取り返しがつかない。そしてどんな『ドナドナ』もかなしいし辛いし苦しいけれど、悪いものではないなと思う。要らないけど、悪いものではない。

されど私の可愛い檸檬

別の女の子のことが好きな女の子と最初に付き合ったせいで人のことを好きになるという気持ちがブレてしまったんだと思っていたけど、そもそもそういう人を選んでるところで俺はおかしかったんだろうと思う。その子とは結局セフレとしても中途半端な感じで終わってしまったのだが、次に付き合った子が、多分その反発で凄くまもで、全く恋愛としての気持ちは盛り上がらなかったけれども真面目で着々としていて、結婚とかまで届いちゃいそうだなと思っていた。でも俺はそういうのを見透かされないほど丁寧に生きているわけじゃなくて、二年目に彼女に別の好きな人ができたと言われてふられる。「えっ?どうして?」と俺が言うと、「どうしてって、じゃあどうしてあんた、私と付き合ってるか、説明できる?私のどこが好きなの?」と訊かれて、まあそこで口ごもった時点で「でしょ?」で終わりになるのも当然だ。あんたと呼ばれたのもそれが初めてだった。でも、ちゃんと好きだったのだ。あとからメールで伝える。

「君と一緒にいるとまともになれる気がする」

これ、俺にとってはそのとき自分の心の一番奥から出してきた最も率直で素直な言葉で、これを拾い上げられたことにうっかり感動して涙が出そうになったくらいだった。

彼女は「ふうん」で終わらせる。「けど、私、あんたのそういう問題をどうにかするための道具とかじゃないんだけど？」

そりゃその通りだ。彼女は賢明で、どうして俺なんかに一年三ヵ月も付き添ってくれたのか判らない。

で、俺はバカなので、こんなに身勝手な自分なんかは女の子を巻き込んだりしちゃいけないんだと思って暮らしているのに、そうしていると安全で無害な男っぽくなったらしくて女の子の友達がたくさんできる。バイトの飲み会みたいなところでどんどん親しくなって、二人で飲みに出かけたりもするようになる。俺は口説（くど）かない。口説こうとも思わない。バカ話とか読んだ小説の話とかをしていれば十分楽しい。女の子の方からのアプローチも受けたりする。適当にはぐらかす。重くなってきたり、妙に直接的な申し入れを受けたらちゃんと断ったりもする。……どうしてか判らないが、「付き合って」とか「好きだ」とか、そんなふうに本当に直接的な申し入れを受けることはない。そりゃそうだ。俺が距離をある程度保っていることは見えるようにしていたから、相手だっていきなり全てをこっちに投げ込んできたりはしない。好きってほどの思い入れも持たなかったはずだ。……って、それは実はよく判らない。俺は最初にセフレ的な付き合い方をしてしまったせいで、性的交渉なしに気持ちを受け渡すというのが理解できない。

そうしているうちにまず俺の態度を叱ってくれる女の子が出てくる。

「磯村くんのそういうの何なの？女の子のこと好きになるつもりがないなら親しくしなきゃいいじゃんムカつく」

彼女は本気で俺のことが嫌いらしくて初めての飲み会でいきなりそう言ってからずっと無視だ。

「ごめんね、私が変な相談しちゃったから」

と別の子が言って、そのついでみたいにして俺のことがちょっと気になる、みたいに言う。

「ありがとう。けど、俺、そんなに面白い男でもないよ」

と応えると、相手が笑う。

「あはは。出たー本当だ引き芸だあははは」

どうやら俺の処世術はからかってもいい類の可笑しみを孕み始めていたようで、俺はどうしていいのか判らなくなる。

で、とりあえず女の子と二人っきりになるのはやめる。飲み会でも男性としか基本話さなくなる。

出たー引き芸だと笑った女の子が

「ごめんね磯村くん怒った？って言うか、傷つけちゃった？よね？」

と訊いてくるけど怒ってても傷ついてもいない。

「いや、あんまり人に迷惑にならないようにしてるだけ」

と俺は言う。本当のことなのだ。俺には問題がある。それで人を怒らせたりしたくないってだけだ、もちろん馬鹿にされるのも嬉しくはないのだし。

「えーなんかごめんね？」

と言うその子のことは嫌いになる。その子が俺の態度で泣いたりもしたらしいがどうでもいい。他の人たちがどうしたの？みたいに探ってくるけれども何も説明しない。俺の酷い噂が広がるけれどあまり気にならない。バイト先は広告看板の設置場所を探したり見つけた場所の営業をしたり広告価値の計算をしたりする会社で、ちょっと楽しいけれど、正社員にならないかと誘われてもいるけれど、デザイン学校に通って本を作る人になるつもりなのでどうせ辞める場所だ。

夏。花火大会で多摩川に行く。一人で。俺は京王多摩川の駅の近くに住んでいたから歩きで。駅脇のローソンでビールと枝豆を買って持っていく。５００ミリ缶を三本飲みきったら帰ろうと思う。入場規制で河原には近づけなくて、堤防の隅っこで立ったままビールを飲み始めると花火が始まる。ドーン、バラバラバラ……。ドーンドーンドーン、バラバラバラ……。咲いた花の垂れ落ちる音が好きでニヤニヤしていると隣でふふ、と笑う気配があって、見ると浴衣の綺麗（きれい）な女の子がいるが、すっ、と目をそらすので俺もジロジロは見ない。ショートカットで背が俺よりも少し高くて首が長くて、しゅうと柔らかく伸びた首の後ろがショートの襟足の中に消えていく感じがとても好みであるということに初めて気が付いて、そのうなじのところだけチラチラ覗（のぞ）いてしまう。

　枝豆が終わる。で、ビールを買い足しに場所を空けたらこんなとこすぐに他の人に埋められちゃうだろうなと思い、諦めて立ち去ることにする。後ろに立ってた人に

「あ、ここどうぞ」

　と言って十歩くらい歩いたところで

「何?帰んの?」

　と言われて振り返るとさっきの綺麗な浴衣の子で、俺は胸がビクーンとなる。真上

に飛び上がって喉の内側で肺への気管にぶつかったみたいでギュギュッと息がつまる。

「あ、はい」

「あ、はい。って、ちょっと」

「何ですか？」

「いや、磯村くん、私。四方田」

「えっ？」

「四方田。よーもーだ」

「や、聞こえてますけど……」

　俺はその子の顔をよく見てみるが判らなくて、いろいろ参照してみる。四方田さん？えー？思い当たる人はいない。

「四方田だよ」

「ごめんなさい。知らないです」

「いや知ってるよ。えっ！忘れたってこと？」

「知りません」

「知ってるって。仕事一緒にしてるじゃん。バイト」

「えっ?」

そこでの四方田って一人しか知らない。

「四方田さんって、……いや違います」

それは磯村くんのそういうの何なの?の人のはずだが目の前の人は全然違う。

「違わないってあはは。何なの?そんなに拒否しなくても良くない?」

拒否なんかしてない。でもさらによく見る。

「……髪、切りました?」

「いやそれもう二ヵ月前くらいに切ったけど、気付いてなかったんだね」

「四方田真弓(まゆみ)さん?」

「そうそう。知ってるでしょ?」

「知ってました」

「あはは。磯村くん、まだ花火やってるけど、もう帰るの?」

「はい」

「もういいの?花火も、私の美貌(びぼう)も?」

「え」

「あははは!あんた私の横顔ジロジロ見過ぎだし!」

「いやチラチラ見てたんですけど……」

「あははあれが？ 全然チラチラできてないよ！」

「それに見てたのは顔じゃなくて、首筋です」

「えっ？……どういうこと？ 私、恥ずかしい勘違いしてる？」

「え……？ それはわかりませんが、首筋のこと綺麗だと思ってたから、それほど恥ずかしいとかはないんじゃないですか？」

「何で敬語なの？」

「……そもそも僕、四方田さんとどうやって喋ってたのか憶えてませんけど……」

「あー確かに。そっか。私らそんなに会話したことなかったよね」

「僕のこと嫌いなんじゃなかったんですか？」

「はあ？」

「僕のことムカつくって言ってましたよ」

「ええ？……言った？」

「はい」

「嘘だー」

「言いました」

「あはは。うん。実は思い出したし憶えてた。言ったね。ごめんごめん。でも嫌いとは言ってないでしょ？」

「？……違いがわかりません」

「ねえ、ごめん磯村くん帰るのはいいんだけど、少しだけ一緒に飲みに行くか、散歩でもしない？」

「じゃあ、軽く飲みに」

散歩なんて何話していいのかよく判らない。

「やった。じゃあ調布の東口のそばに美味しいとこあるからそこ行こうよ」

「……ここからだとそれ散歩と同じじゃないですか？」

「私わざわざ浴衣着て出てきたの。花火の途中なのに帰るんだし、もう少し見たいじゃん？」

「見たいんだったら残ればいいじゃないですか？」

「花火じゃなくて、自分が浴衣着てるとこ。花火の夜に浴衣とか、素敵じゃん」

そういうものか？

で、飲みに向かう。四方田さんの首筋はやはり素敵だ。暑い。さっき飲んだビールが俺の中で火がついたみたいになっている。四方田さんの下駄の音がそういうのを少しずつ消していってくれてる気がする。

「磯村くんさ、最近女子に迷惑かけないようにってしてるの？」

とズバリ言われて思わず笑ってしまう。

「あははは。うん。いや、はい」

「あははうんって。やっぱりね。素直だね」

「バレたらもうしょうがないですから」

「敬語じゃなくていいでしょ、同い年同い年」

「違いますよね？」

「違うけど、一つや二つ変わんないじゃん。それに同僚でしょ？バイトだけど。それに磯村くんの方がバイトでは先輩じゃん」

「僕は年下相手でもよほど親しくならないと敬語ですよ」

「あーそっか。磯村くんそうだよね」

「普通です」

「私もそうだけどね。磯村くんに対しては最初っからなんか違ってたなあ。ま、正直磯村くんのこと本当にろくでもない男だと思ってたから」

「……それ自分では否定できない話ですね」

「大丈夫。やっと分かったよ。磯村くんは女の子と適当に遊ぶためにあんなふうだったわけじゃなかったんだね。私、てっきりそうだと思ってたから」

「や、言葉の上ではそれそんなに間違ってないような……」

「彼氏彼女的な感じになることは全然なかったんでしょ?」

「はい」

「まあでも確かに、磯村くんと遊んでるうちに好きになっちゃう子がいて、でも付き合えそうもなくて悲しそうだったからさ、誤解を与えるような遊び方するんじゃねえってのは今でも正しいと思うけど、言い方があったよなーと思って。ごめんね?荒っぽい言い方しちゃって」

「いえ。それでちゃんと自分の振る舞い直せましたから」

「や、それよ。そんなふうに素直にズバーンとやり方変えたからビックリしちゃってさ。ああ、悪気なかったんだなと思って。悪い奴だったら知らんぷりしてるよね」

「……それも知りませんけど」

「あはは。でも、ごめんなさい。……って謝りたかったの。決めつけちゃってたから」

「そうですか。でも別に謝る必要ないです。僕も実際人に迷惑をかけてたわけですし」

「でも磯村くんは女の子と友達だっただけでしょ? それを奪っちゃったっていうか、切り捨てさせたみたいな形になっちゃったじゃん」

「男の子の友達もいますから」

「でも女の子の友達がいないのは残念でしょ?」

「特に、そんなふうに感じたことはないです」

「あれー? そう?」

「はい」

「またこれも決めつけ? かな?」

「多分」

「あははそっか。ともかくさ、磯村くんって私の思ってたような感じの人じゃなくて、なんか私、あのとき飲み会で変なこと言っちゃったなって気になってたの。だからごめんなさい」

「さっき聞きました。大丈夫です。良かったです、ああ言ってもらえて」

「うーん……そういうふうに言ってくれてありがたいけど、なんか本当に許されてる気がしないんだよな〜」

「大丈夫です。本当に気にしていただかなくていいです」

「え〜でもさあ……じゃあさ、何か罰くれない？」

「え？」

「罰。何でもいいから。磯村くんの気が済むように。別に気にしてなくても、だったらそれくらいの軽〜いものでいいから」

「罰ですか」

「そう。お酒奢(おご)れみたいなんでいいからさ」

何ぬるいこと言ってるんだと俺はとっさに思う。で、同じくらいとっさに言ってしまう。

「じゃあ、罰として、僕と付き合ってください」

「はああっ⁉」

四方田さんはたっぷり二分くらい絶句してから言う。

「……これほど間を空けても『冗談でした〜』みたいに言わないってことは本気なのね？」

「冗談のつもりはありません」

「本気かって訊いてるの」

「本気です」

いやよく判らない。本当は。でもそういうふうに言ってしまえるくらいの何かはある。

「う〜ん。あのさ、言っとくけど、磯村くんの周りから女の子排除したくて前にあんなこと言ったんじゃないからね？」

「知ってます。それに、四方田さんに言われたから僕の振る舞いが変わったんじゃないです」

「そう？」

「そうです。あの頃に関わってた女の子が妙な感じになって、凄いうんざりしたんです。それがきっかけと言えばきっかけです」

「え〜〜？そうか。そうなのか。う〜〜ん。でも、さらに言っておくけど、私、まだ磯村くんのこと好きかどうか判らないよ？」

「それでいいです。これ、罰ゲームなんですよね？既に好きだったら成立しないじゃないですか」

「あはは確かにね。でもこれ、罰であっても罰ゲームじゃないよ。遊びみたいなもんじゃないから、付き合うって」

「……理解できました。真面目にやります」

「そうか。うん。じゃあ、お願いします」

「えっ？いいんですか？」

「はい。よろしく頼みます」

「こちらこそ」

突然と言うか唐突と言うか、藪から棒に綺麗な彼女ができちゃったな、としばらく驚くけど、次第に慣れる。俺と四方田さんはとてもしっくりくる。

バイトは四方田さんの方が辞めてしまう。四方田さんへの悪口陰口が増えてきて居づらくなってしまったらしい。

「やっぱ私、磯村くんから女の子排除させて、まんまと付き合うことになった腹黒女ってことになってるみたい。あはは。一応だけど、磯村くんがモテてるってことじゃないからね？でも単純に、女子ってそういう計算高さ、敬遠されるから」

そんなことはどうでもよくて、俺がビックリして慌てているのは四方田さんにも別にやりたいことがあったことだった。

公認会計士。

専門学校に通い始める。分厚いテキストを常に抱えていて勉強時間が増える。バイトも会計事務所に伝手があるんだそうだ……。

俺もやりたいことがあるはずなのに結局バイトを辞めてなくて、妙にバイト先で重宝がられている。思ってもみなかったことだけど、俺は街の中の看板があるべき場所を見つけること、あるいはなくていい場所、もしくは過小評価されてるけどポテンシャルの高い場所を見つけることが得意らしい。もうハッキリ正社員の仕事なのだが、評価をつけ、営業も手伝ってしまう。こうなってくると正社員に誘われる回数も減る。バイトなのに文句言わず、どころか進んでそういう作業をこなしてくれる方がありがたいという空気。流石に社長が他のバイトの子の余計なプレッシャーになるし会社の士気にも関わるということで直々に正社員になるように言ってくる。やりたいことがあるから、と断る。デザイナーになりたいんだって話をする。専門学校に行くお金を貯めてるんだと言う俺に社長が
「そうか。わかった。じゃあ磯村くんのために、一つ賭けをしよう」

と言い出す。

「えっ？何のですか？」

「俺らはこれから三年、磯村くんを待つ。その間に目標への道で挫折したり、何かで迷っているようだったら、バッハマンの正社員にならないかどうか、俺から一度だけ

誘わせてくれ。その代わり、磯村くんは明日から自分の道に専念する。バッハマンにはもう顔を出さない。ただし、激励の意味も込めて明日から三ヵ月分の給料を支払う。急に辞めてもらうわけだから、それくらいはさせてほしい。どう？」

「え？それは……」

断るっていう選択肢ってあるのだろうか？

社長は何も言わない。俺を見つめている。

俺のために、か。

やりたいことがあるならとっととそれをやれということだ。

「ありがとうございます」と俺は頭を下げる。「いろいろお世話になりましたが、明日から頑張ります」

三ヵ月分もあれば資金は十分だ。実のところ、四方田さんと付き合い始めるくらいには目標額に到達していたのだ。

専門学校をどこにしようかと考えていて、ちょっと時間を食ってしまっていたが、ちょうどいいし、ラッキーだ。余計なお金までいただけるなんて。そしてこうして背中を押してくれる人に出会えるなんて。

四方田さんにも話す。

「そうなんだ。……うん。良かったじゃん。これで動かないといけなくなったもんね。それにタイミングもいいんでしょ？」

それに答えず、俺は唐突に言う。

「俺、四方田さんのこと、好きだよ。四方田さんのためになら、星の裏まで探しに行くよ」

「えっ……あはは！星の裏？どこよ。地球の裏ってこと？」

「ブラジルとかそういうところじゃないよ。どっか遠い星の裏っかわ。月とか水星とかじゃなくて」

「そうか。ありがとね。でも大丈夫。そんな遠くまでいかないから、私」

「行っちゃったとしても、だよ。もし行っちゃったとしても」

「はいはい。頑張ろうね、私ら。これから行く道が定まってるんだから、私が思うに、これってアドバンテージだし」

「？どういう意味？」

「進む方向性が決まってるってことは強いってこと。決まってないより楽だし、注ぎこめるじゃん、エネルギーも時間も」

「だね。頑張るよ」

「私も。一緒に頑張ろうね」

「そうだね。まずは俺、四方田さんに追い付かなくちゃ」

「私もまだまだこれからだよ」

「四方田さんは凄いよ」

「何急に。あはは。私だってまだ勉強始めたばっかりだし、一緒だよ」

「俺はまず、専門探さなくちゃ」

「そうだね、頑張っていこうね！」

「おうす！」

次の日から俺は専門学校を見比べる。サイトを巡る。ネットの評判をほじくってみる。いろんな意見がある。当然だ。いろんな人がいるだけだ。でもそうやって見ているうちにどれも一長一短があってどっこいどっこい、どこでも同じなんじゃないかって気持ちになってくる。

二週間ほど迷って、俺はじゃあ生の意見を聞こうと思い、元バイト先に行く。バイトの人や社員さんたちが歓迎してくれる。どうしてるの？って質問にはいまいち答えられなくて困ったが。

「や、実はちょっと相談があって。川合(かわい)さんいらっしゃいます？」

川合航平さんはバッハマンで広告看板のデザインをやっている。打ち合わせで外出しているらしいが、もうすぐ戻ってくるらしい。じゃあこのまま待たせてもらおうかな、と考えてると

「けど磯村くん、ここに長居しないほうがいいよ。社長と、ここに顔出さないって約束したんでしょ？」

と、あの場に一緒にいた経理の関口三栄子さんがこそっと言う。

「えっ、あれってこういうことも含めてですか？自分の目標に向かっての、前向きな相談なんですけど」

「きっとアウトだと思うよ。自分で頑張るっていうニュアンスだったじゃない？」

「自分で考えて、ちょっと伺いたいことがあっただけなんですが……」

「うん。言ってる意味はわかるし私らは全然いいんだけど、社長も多分何も言わないけど、一応ね。そういう約束事っていうか、ルール的なものでさ」

「しまった……！じゃあ、そういうの、なしで頑張ります。俺がここに来たのも内緒にしておいてくださいよ〜」

「あはは。オーライ。うんうん、任せといて。一人だと大変だろうけど、ここ以外なら絶対大丈夫だから、相談とかいろんな人にしてみたら？私らも応援してるから」

「ありがとうございます。すみません失礼します」

と言って俺は逃げ出すようにバッハマンを去る。ように、じゃなくて本当に逃げ出している。なんというか、猛烈に恥ずかしかった。アホを晒(さら)してしまった。弱いところをバラしてしまった。

四方田さんは笑ってくれる。

「大丈夫だよ、それくらい。ルールの解釈のズレがあって、それが訂正されたってだけでしょ?」

そうなんだろうけど、でも俺はみっともなかった。と言うか、バッハマンでは評価されていたのに、それを汚してしまったみたいな悔しい気持ち。

その夜、意外にも、川合航平さんから電話をもらう。

「聞いたよ〜!相談があるって?」

俺はアワアワしてしまう。

「すみませんもうそれはいいんです。わざわざ電話をもらっちゃってすみません」

「あはは。社長となんか賭けしたって?頑張ってるんだろうし、手伝えることあったら何でも言ってよ」

「あ、……じゃあ、こんなふうにもらった電話で申し訳ないんですけど、一つだけ質問が」

「うん。何？」

「デザイナーになるために専門学校探してるんですけど、決め手がよく判らなくて。どうやって川合さんはデザイナーになったんですか？」

「う〜ん。最初は俺ウェブデザイナーっていうか、適当に独学でホームページとか作ってたんだよね。そしたら自分のホームページに遊びに来た人ん中にデザイン学校行ってる人がいてさ、友達になってから、なんとなく興味があって学校に潜り込んだんだよね。そいつの代わりにさ。で、授業受けてたら面白くて、俺、そいつに残りの授業料払うから俺に授業全部取らせてくれっつって。そいつもボンボンで遊びたがってたし、いーよーみたいな軽いノリで譲ってくれたからさ。で、学校そいつの名前で通って、人よりたくさん提出物出して、なんかゲリラ的な感じで展示とかやってみたり。そんでそこでコネ作ったの。そしたら俺みたいなの面白がってくれる人とかいるんだよな。で、俺、絶対楽しい仕事するから仕事くれっつって、専門卒業する前に仕事とって、それに間に合わせるために専門学校の先生にちょっと相談して、先の授業内容、ちょっとかいつまんで教えてもらったりしたの。途中から生徒が入れ替わってるの先生も気づいてたけどさ、笑ってて、気が狂ってるって言われたけどさ、いろいろ教えてもらえるの。つまり可愛がってもらえたのよ、ありがたいことに。で、仕事も成功させて、コネコネで繫がって、今バッハマンよ。でも磯村くん、俺がバッハマンの社員じゃないって知ってた？」

「や……そうなんですか？」

「俺、フリーで、籍だけ置かせてもらってるの。だからたまに、ちょっとだけだけど他の会社の仕事も受けてやらせてもらってるよ？」

「へえ。そんなのありなんですか」

「ありあり。ちゃんと相談して相手に納得だけしてもらえれば、何でもありみたいな業界だから。不義理はダメだけど」

「う〜〜ん。でも川合さんのケース、特殊ですよね？」

「でも磯村くんさ、デザイナーになりたいんでしょ？この世でデザイナーで有名な人何人知ってる？」

「え？」。あれ？誰だ？服のデザイナーは何人か名前が浮かぶけど、本のデザイナーって……誰のこと知ってる？

「知らなくって当然だから」と俺が答える前に川合さんがつなぐ。「だってそんなにたくさん、そもそもいないんだもん、有名なデザイナーなんて。デザインの会社はたくさん、死ぬほどあるけど、みんな細々とやってんの。ピカピカのおしゃれなオフィスでさ。やってることはでも適当な、誰かがやらなきゃいけないってだけの仕事なの、マジで。そんな業界でさ、有名になろうっていうんだったら、俺の感覚だと、普通のことやってちゃダメなんだよね。もちろん無茶しろってことじゃないよ？でもやっぱり普通のことしかできない人は、普通の仕事しかもらえないし、どの業界でも普通ってのはかなり求められてるレベルが低いの」

へえ、と思うけど、でも今川合さんが話してるのは有名なデザイナーになる心構えみたいなことであって俺の質問の答えとは少しズレてるよね？とも思う。

なんか興奮して喋ってるけど、この人こういう相談事に乗るのが好きなだけじゃないかな？

俺は川合さんのことを思い出す。何度か喋ったことがあるし、飲み会で話し込んだこともあるけど、確かに、自分独自の考えが披露される、みたいなことが多かった気がする。

けどこうやって言ってくれてるってのは親切な証だ。

「そうなんですか。けど、じゃあ専門学校を選ぶ決め手って、特にない感じですかね？」

「出会い出会い。こういうのって全部そうだから」

「う〜ん」

「磯村くん、やる気はあるよね？」

「はい、もちろん」

「バッハマンでの評価聞く限りだと、要領も良さそうだし、とりあえずどこかのデザイン事務所潜り込んで、仕事教えてもらえば？給料はかなり安くなるだろうけど、俺も事務所紹介できるよ。そこで実地で働きながらいろんなこと勉強して、それから必要なら専門通えば？」

「えっ、そんなことさせてもらえるんですかね？」

「や〜わかんないけど、訊いてみればいいじゃん。つか、頼むのよ」

「あ〜。確かに。それがやる気ですよね」

「そういうこと！マジでやるんだったら俺、話できるとこ紹介するよ？本気でやってもらわないと困るけど」

「あ、はい、ありがとうございます」

「やる？」

「あ、そうじゃなくて、まず、考えさせてもらっていいですか？ありがたいお話なんですけど」

「いいよ。でもこういうのって勢いも大事だからね？タイミングとか。出会いってそういうことだから」

「わかりました。できるだけ早くに返事させてもらいます」

「オーケー。それじゃ、頑張ってね」

「はい。ありがとうございます」

「うん。じゃ」

電話が切れる。

う〜ん、と思う。正直、話がトントンと進みすぎそうで怖い。事務所に入るって、そこで全てが決定してしまうんじゃないか？そこにいるスタッフのやってることと同じレベル以上には進めないはずだし、どんな内容の仕事をしてるかもまだ全く判らない上に、事務所の名前すら教えてもらってないけど……。これじゃネットで調べることもできない。

そうだよ下調べすらできない。もう一回今度は俺から川合さんに電話して確認してみるべきだろうか？

いやしかしそれを聞いた後にけどお断りしますなんてできるのか？ものすごい失礼

じゃないか？

とは言えじゃあ川合さんを信用して全てお願いしますみたいにお任せできるのか？

無理だろう。冒険的すぎる。

けど川合さんはそういうことを言っていたんだ。

俺の感覚だと、普通のことやってちゃダメなんだよね。

いやでもこれは普通のことじゃなさすぎじゃないのか？

川合さんの話は確かにぶっ飛んでいた。川合さんならこんな話普通の範疇(はんちゅう)で、迷うようなとこでもないのかもしれない。

でも川合さんだって念を押してたように、そこに入るんだったら本気でやらなきゃいけない。どんな仕事を目の前にしても、とにかくそれに取り掛かり、仕上げなきゃいけない。

本気というのは心構えだけの話でもないだろう。

数年、少なくとも俺の感覚でも三年はそこで頑張らなきゃいけないはずだ。

いやいやいやこれから三年間デザイン事務所で本気で働いて、同時に大学も卒業しなきゃいけないし、必要なら……おそらく俺は何の知識も無いんだから必ず必要になると思うけど、専門学校にだって通わないといけなくなるだろう。

無理じゃないか？

どうだろう？

俺は考え込む。

四方田さんにも相談する。

「え〜〜？これぱっかりは自分で決めないとダメなところじゃないかな？行くにしても行かないにしても、決断は自分でやんないと後で後悔したり、困ったりするんじゃない？」

その通りだ。

で、しばらく考える。しばらくは二週間になる。四方田さんに
「あれ？結局川合さんの話ってどうしたんだっけ？」

と言われて
「あ〜。まだ検討中」

と答えるとギョッとされる。

「えっ。それ、流石にテンポ悪いと思うよ」

「テンポって」

「だってもう二週間前でしょ？就職の話で相談して、提案もらって、そんで二週間答

え出してないの？」

「けど大事な決断になるじゃん。そんなさっさと答えなんて出ないでしょ」

「だとしたらそれをどこかで川合さんに伝えておかないとダメでしょ？」

「もう少し考えさせてくださいって？それってだらしない感じじゃない？」

「だらしないってのは今の状態のことを言うの。今日連絡しなよ」

「でもまだ答え出てない」

「だからそれをせめてお伝えしとかないと」

「えー？それ、絶対？俺、俺のタイミングでやりたい」

「気持ちはわかるけど、相手あっての話でしょ？失礼があったらやっぱマズいよ」

「そんな、失礼ってことじゃないよ。だって、どう？って提案してくれたってだけだし、まだ川合さんと俺との間の話でしかなくて、別の人巻き込んでるわけでもないから」

「う〰ん。でも川合さんのペースってそういう感じじゃないと思うけど」

「そうかもしれないけど、俺は俺のペースがあるの」

「……それを優先したいって言うなら、もうしょうがないけど、私はそれはマズいと思うよ？」

「平気だって。一生のことかもしれない大事なことだし、理解してくれるよ」

「……私だったら耐えられないけどな」

「もう俺なんて相手したくなくなる？」

「……や、私が磯村くんだったらってこと」

「あはは。それは四方田さんは四方田さんだから。俺どうしても細かいことが気になって決断が難しくなっちゃうんだよね」

「……細かいことってどんなこと考えてるの？」

「うーん。……や、そこでの仕事内容がもし専門的とかニッチなものだったら潰しが利かなくなるんじゃないか、どんな内容にせよ俺のためになるのかなとか、給料とかの条件面も聞いてないし、やっぱデザイン事務所って時間不規則になるじゃん？四方田さんと会いにくくなるなーって」

「私のことは勉強してるから気にしないで。そんなことじゃなくて……今言ってる内容の話って、悩んで答えとか出るもの？」

「や、出ないから困ってるんじゃん」

「困っても仕方がないってことじゃない？そこに行くのが怖いっていうんだったらそれを伝えてみたら？」

「怖いっていうか……不安なもんじゃない？当然」

「そうだよ、当然。でもさ、……デザイナーのお仕事なんて私よく知らないけど、先が判りきったことばっかじゃないでしょ？いろいろ試して、提案して、それがＯＫもらえるかどうかなんて保証ないし、全然ダメだから他の人に回されるみたいなことだってあるんじゃないの？そういうのがないってのは確認できないでしょ？仕事を受ける前に」

「……まあ、そうだろうけど」

「そういう、……担保みたいなもの求めるような性格だと、そもそも難しいんじゃない？」

え？

なんか深いところに突っ込んできたけど……。

「じゃあ、川合さんの話にポーンと乗っかれるような人じゃないとそもそもデザイナーにはなれないよ、みたいな話？」

「そうは言ってないよ。ただ、考えてもしょうがないことを考えてると、時間はただ過ぎていくだけになるし、ある種の決断力とか、何かを思い切る能力って必要かもよってこと。あと、そもそもで言うなら、そもそも川合さんみたいなタイプの人に仕事の話振られて、二週間返事がないのはマズいよって話」

「……あのさ、考えてたことが全部無駄なんてよく言うよね。人が真剣に考えてたことなのにさ」

「真剣にって……。じゃあ訊くけど、他の誰かに質問とか相談とかしてみた？」

「川合さん以外に？や、川合さんに相談してるとこなのに、なんか、そういうの二股みたいで失礼じゃない？」

「二股って……その感覚も変な気がするけど、仕事のことなんだからいろんな人に相談してみるもんじゃない？大事なことなんでしょ？一生の懸かった」

「懸かるかもしれない、ね。でも川合さんのオファーで悩んでるのに、さらに何かこんがらがったら困るから、俺、やっぱ一つ一つ解決したいかな」

「で、また考えるの？何か調べ物はした？専門学校の資料とか、手元に一つも見えないけど」

「ネットで見てるからさ」

「候補はどことどこなの？」

「え？」

「具体的に、どの学校とどの学校と、どの学校で迷ってるの？」

「や、まだそこまで絞れてないよ。いろんなとこがあるなーとか、どこも特色とか、引っかかるところとか、長短あるなーみたいな」

「……じゃあ、デザイン事務所については？何か具体的に調べてみた？どんなとこがどんな仕事してるかとか」

「や、だってそんなのホームページとか見てもよく判らないでしょ」

「メールとかで質問してみればいいじゃない？事務所に見学させてもらうとか、会って話聞いてみるとか。それにバッハマンだけじゃなくて他にも知り合いの伝手とかで親身に話聞いてもらえるとこあるんじゃない？」

「え〜あるかな？」

「あるよ。前にバッハマンにいた先輩とか、いろんな企業に就職してんじゃん。出版関係の人、いるでしょ？」

いる。

でも俺はもう喋りたくない。どうして俺の人生の俺の進路の俺の選択についてこんなふうに追い詰められるような会話をしなきゃならないのか。

俺が黙り、四方田さんがふう、とため息をつく。

「……磯村くんのためを思って言うんだけど、正直、磯村くんが一番光るのは、広告看板のお仕事と、女の子を引っ掛けるときだと思うな。そのときの磯村くんって、本当にナチュラルに、特別だもん」

社長も言っていたな、と俺は思う。


じゃあ磯村くんのために、一つ賭けをしよう

三年待つと言ってくれた人もいる。二週間待たせるべきじゃない案件もある。ただそういうことなのだ。四方田さんの言ってることは正しい。

でも俺は結局川合さんに電話はできない。

バッハマンにはもう顔を出さない、というふうに社長にも言われてるしな、ということで。

もともとそれが条件なのだ。

それから俺は四方田さんに暗に批判されたことを受けて、専門学校を見学に行ったり資料をもらったり、知り合いの知り合いのデザイン事務所にも遊びに行かせてもらったりする。

そしてデザインの仕事を実際にやってる人と話すと、皆俺はまず専門学校に行くべきだというので、そうする。通い始めてからならちょっとバイト程度に仕事の経験を積ませてあげるよと言ってくれた事務所の人がいて、そこは俺も知ってる大きな出版社の有名な雑誌のデザインも引き受けてるみたいだし、その話に乗っかるつもりで、そこの人が通ってた専門学校に進むことにする。

いろいろ決まったよという話を四方田さんにする。口を利くのは久しぶりだ。

「そう。良かったね」

と言って四方田さんは少し黙り、

「じゃあ、このタイミングでお別れしようか」

と続ける。

「そうだね」

と俺は言う。

重苦しいのは苦手だし、寂しいとか悲しいとかも性に合わない。そういうのは前の彼女で十分に味わい尽くしたのだ。

四方田さんはただ俺の人生から出て行く。

長く付き合ってたような気分だったけど、あの花火の夜からほんの三ヵ月ほどしか経っていないので俺の部屋に彼女のものなんてほとんどないし、本当に、窓から入ってきた風が玄関を吹き抜けるみたいにして全てが終わる。

これでいい、と俺は思う。大学に専門学校にバイト。どうせ忙しくなる。

忙しくなった。

専門学校の授業内容はちゃんと俺の中に入る。

だが実際の仕事の場で、俺は思い知る。

勉強と仕事は全く違う。

まず俺にはデザインの発想が溜まっていない。やりたいことがない。引き出しも空っぽで、これは俺自身意外だった。俺のセンスを持ち込んだ斬新なデザインをどんどん提案していけるんだとばかり思っていた。が、どれもどこかで見たことのあるようなものを目指していて、しかもそのディテールが曖昧なせいでどういうふうにとっかかりを作ればいいのかわからず、俺のやりたいイメージに近いものをネットや本屋で探すところから始めなくてはならなかった。

俺の通う事務所、ハルノドロの先輩、坂上国彦さんが言う。

「こんなことがやりたいって発想はまず自分のこれまで見てきたものに依ってしまう

のは全然いい。仕方ないし、そういうものだから。でもデザインって、特にエディトリアルは第一、というかそれ以前に必要なのが正確さだよ。漫然と要素を置いちゃダメだ。バランスをとって整頓して、次のページも同じ内容が続いてるなら、同じレイアウトが引き継がれてなきゃいけない。磯村くん、そこらへんがなんだか雑なんだよね。あと、僕たちも本作りの一端を担ってるんだからね？ページには伝えたいものがある。磯村くん、本文読んでないでしょ？」

そのとき作っていたのはビジネス書で、あるマーケティング理論を扱っていて、俺は《シャドウブランディング》だの《反／非・戦略論》だのに全く興味を持てなかった。とは言えもちろん流し読んで概略だけは摑んだつもりだ。けど学術論文みたいに？書かれたその本はグラフや数式まであっていささか難解すぎると思う。というようなことを俺が正直に言うと、坂上さんが笑う。

「個別の理由はどうでもいいから。そんな、できなかった理由はどうでもよくて、どうやってやるかだよ。こんな数式だのグラフだの、俺もはっきりとは意味わかんないって。でも役割は判るじゃん。前後の文脈から、このグラフはここの部分の補足だな、とかここの証明だな、とかさ。そしたら重要度も自ずと知れてくるし、見せ方も出てくるじゃん。そういうのを把握した形跡が見当たらないってのが問題なの。せめて何か考えようよ。ちなみにさ、これは俺の独自の考えかも知んないよ？でも数式ってのはグラフと違って、文字で書かれた言葉と同じ本文だと思う。だからこんな、一応ここにまとめておきました、みたいなちっこい見せ方だと声が遠くなって聞こえないんだよ」

などと言ってる時の坂上さんは目が笑ってなくて、俺は焦る。

「なるほど。数式は数で書かれた言葉、と。例えば他にもありますか？」

「だからそういう、個別のことをちまちま考えるなって言ってるの。俺の言いたいことの本質、わかんない？……あ、答えちょっと出ちゃったから言うけど、本質なの、大事なのは」

「はい。本質」

「……磯村くんさ、鸚鵡返しだけは本気でやめたほうがいいよ」

「……」

「はい、鸚鵡返し、やめます、って言わないだけ偉いか。あはは。ともかく、いい？俺たちは何を伝えるか、だから。今ちょっと摑むの難しいかもしれないけど、落ち着いてよく考えて」

「……はい。ありがとうございます」

「……待って。多分磯村くん、これで何も考えないだろうから、先に教えておくけど、俺たちは本の内容を、正しく、美しく伝えるのがお仕事だからね？自己表現なんてその後にあるか、全く無くてもいいんだからね？」

「……ありがとうございます。……あはは、僕、考えます」

「口答えするなよ」

「………」

「絶対お前は考えないよ。だってこれで説教が終わるなってホッとしてるだけだもん」

てめえが追い詰めるような言い方するからだろう、と俺は思うが、当たり前だけど黙る。この悔しさをバネにするんだ。ここは悔しいだけでいいし、悔しくていいんだ。

でも結局俺はこの坂上さんにずっと《本質》という言葉について叱られてばかりになる。

言い訳を手元に置いて仕事するな。

仕事はお前の人生のアリバイ作りじゃねえんだよ。

手前で言われたことばっかりに拘泥するな。

伝言ゲームの最後の答えを出す人じゃないんだよ、エイヤーコレだ！じゃなくてさ、途中なの、相手の話を聞いて、次に伝えるの。

全て言いたいことは判る。どうして似たようなことばかり言われるんだろう？俺は俺自身のことが嫌になりそうになる。

が、それは誰にとっても本意ではないはずだ。坂上さんだって俺に自己否定をしてほしいんじゃなくて坂上さんの言う《本質》を摑めるようになってほしいだけなのだ。

でもそんなことは専門学校では教えてくれない。学ぶのは細かい技術と一般的な理論ばかりだ。

《本質》とはどこにあるんだろう。

そもそも何なんだ？《本質》とは？

などと《本質》という言葉がゲシュタルト崩壊しそうになってるところで、坂上さんが仕事場に来なくなる。体調が悪い、としか聞いてなくて大変だな、師匠がいないと俺も困るな、などと思っていたらどうやらメンタル系でやられたらしいと伝わってくる。あ〜坂上さん仕事忙しそうだし寝てないって言ってるもんな〜と心配してたら、坂上さんのパートナー的な社外の人が怒っていて、俺のせいだと言ってるらしい。

えっ!? いや俺が病気になったら坂上さんのせいかもしれないけど俺のせいで病気にはならないでしょ、と俺を叱ってばかりの坂上さんのことを思い出してそれを伝えたい衝動が出てくるが、忙しさの理由の中に俺の面倒を見てることも入ってるんだろうから、そういう意味か、と、お見舞いに行く。

「あはは。お前わざわざこんな用事で来るなよな。まあ、ありがとよ」

と坂上さんは笑って、家に上げてくれる。

家には奥さんと小三の娘さんがいて、仕事に疲れて休んでる坂上さんに仕事の話をするわけにもいかず、なんとなく奥さんの観月(みづき)さんや娘の白玉(しらたま)ちゃんと話す。白玉ちゃんの宿題を少し見てあげると凄く懐かれる。俺も久しぶりにたくさん、心から笑う。坂上さんもこんなご家族に囲まれてるならすぐに良くなるだろうと思う。

この、週末のお見舞いについて、次の月曜日に会社に行ったら叱られてしまう。せっかく休んでるのに会社の人間が来たら元も子もないだろう、と。あと上司が部下の様子を心配して見に行くのはともかく、その逆はありえない、ということらしい。

「すみません」

と素直に言う俺に

「磯村くんさ、ひょっとしてなんか、病院で診断とか受けてない？」

と訊いてくる男の人がいて、意味わからないが、その人も他の人に咎められて有耶無耶になる。

病院で診断って、病気じゃないかってこと？俺が？どうしてそう思ったんだろう？坂上さんが倒れたから、近くで仕事をしていた俺も同じ病気にかかってるんじゃないかとか、そういうことだろうか？

俺は大丈夫だ。と、思うが、精神的に疲れてしまってる人間に限って、自分は大丈夫だと思いがちだったりするかもしれない。そういうことってよくありそうだ。

ネットで見てみるが、やはり、追い込まれてる人間はまだ平気だと思い込むことでさらに自分を追い詰めていくらしい。

俺は病院に行く。精神科の先生に診てもらう。というかまずは話をたくさんする。

でも

「困ってることは何？」

と訊かれて

「仕事で本を作るときに、本の伝えたい内容の本質とか、そこで伝えるべき本質とか、僕らが考えなきゃいけないことの本質とかがよく判りません」

と答えるとお医者さんも困った顔をする。

「それは……僕らもここで喋っていても判らないね」

ですよね〜。

「生活する上で困ってることはないの？」

「あ〜。女の子との付き合いができてません」

「どうして？」

「モテないとかじゃないみたいなんですけど、面倒で。あと、前の彼女に、僕は女の子を引っ掛けるのは上手だって言われたことの反発もあるんですけど」

「そう。でもそれで、あなたは困ってるの？」

「困ってはいません。今は忙しいし」

「そっか」

で先生ともう少し喋るけれど、本当に困ってることなんて何もないなって確認だけになってしまう。

先生は念のためにもう一回来るように言うけれど、困ってもいないし自分が病気だという確信どころか疑いもないのだ。ネットとか本で読んだところだと、統合失調症とかだと病識がないこともあって、それだと大変だが、統合失調症の特徴は幻覚や妄想で、そういうのはないので大丈夫だろう。それに統合失調症となると生活機能に障害が出るはずで、俺にはそういうのもない。

でもまあ気になるからもう少し精神医療について勉強しておくか、と思って図書館に通うようになると、日曜日の午後、坂上さんの娘の白玉ちゃんに会う。友達が本を借りるのについてきたらしい。

「お父さん元気？」

「元気だよ〜」

あれ？そういえば坂上さんが会社を休んでる理由って小学生の娘さんが知ってたりするのかな？知らない気がするな。娘さんに余計な心配かけてもな、と思い、坂上さんの話題からは離れて、学校の話をする。勉強の調子。クリスマスの予定。お正月は坂上さんの実家のある福井県に帰省するらしい。そんな話をしながらきゃっきゃ笑ってると白玉ちゃんのお友達も来る。同じ小三の女の子と、そのお姉ちゃんだという十三歳の、髪の短い綺麗な子。顔形がってわけじゃないけど、雰囲気が四方田さんに似てる。

白玉ちゃんが二人のところに戻る直前に
「またうちに遊びに来てね〜」

と笑うので
「また機会があったらね〜」

と手を振るが、俺は坂上家にお邪魔なんかすべきじゃないらしいのだ。

俺はそういうタイプの常識を知らなくて、これが困ってることといえばそうかもしれない。

俺のことを振り返り振り返り手を振る白玉ちゃんを見送りながら、これがまた《女の子を引っ掛けた》ってことになるのかな？とちらりと思うが、馬鹿らしい。

が、次の次の日に会社で別室に呼ばれる。『白玉ちゃんと勝手に接触したことに坂上さんが不快感を訴えている』と、こう言われる……。

「いやたまたまですよ？図書館に行ったらそこに白玉ちゃんがいたんです。僕が話しかけたわけでもないですし」

とか伝えても無駄で、なんだか俺は病原菌か変態みたいな扱いだ。

でもかえって冷静になる。

「判りました。今度はどこかで白玉ちゃんや坂上さん家族と出くわしても無視させていただきます。ちなみに、ですけれども」

「はい、」とハルノドロで二番目に偉いっぽい馬飼ジョゼさんが神妙な顔のまま俺を見る。

「坂上さんのご病気が僕のせいであるという診断が公式に出たんですか？」

「……あのね？これは坂上さんの申告からの判断にすぎないよ、確かに。それに私らだって磯村くんが原因だって決めつけてるわけでもないです。そういう病気の原因が一つだけってはずもないからね？ただ、ご本人が磯村くんの名前をあげている以上、こちらとしては配慮しなくてはならないの」

「でも痴漢冤罪みたいなことだったらどう責任とってもらえるんですか？変なことに巻き込まれました。俺は無罪を訴えてます。でも被害者が俺の手をぐっと摑んで痴漢と叫んだら、俺はこの会社で排除されますか？」

「でもこれは痴漢冤罪じゃないでしょ？それによく考えて。坂上さんはここの机で仕事をしてもらってるけれども、社員じゃないんだよ？あなたはハルノドロの社員なんだよ？あなた自身が坂上さんに配慮すべきって問題でしょ？」

「してます。一度お見舞いに行って、それがマズいと知ってからは行っていません。今回も偶然図書館で娘さんと出くわして、五分程度喋っただけです。もしそこで僕が何かおかしいことをしたと言うんだったら、まだしも、顔見知りの女の子をいきなり無視しなかったからって責められるのは性急じゃないですか？」

「責めてない。責めてないよ。ただ注意をしてほしいとお願いしてるの。これからね」

「こうやって別室に呼ばれて一方的にこんな話をされて、責めてないと言い張る方が無理がありませんか？せめてもう少し穏やかな形で僕から事情を聞いて、それから坂上さんの訴えを僕に伝えるべきかどうかの判断をすべきだったんじゃないですか？どんなクレームもただ本人に伝えるってものじゃないですよね？そのクレーム自体が妥当じゃなければ伝えずに収めることだってできたんじゃないですか？」

「それは言ってることおかしいよ。今回のことは磯村くんに伝えないと話にならないでしょ？坂上さんのご家族に不用意に近づくなってことなんだから。もちろんもう起こったことはしょうがないよ？でもこれ以降は気をつけてねってことだし、そもそも磯村くんさ、坂上さんのとこに行くのが変だって言われてたのに、坂上さんのいないところで娘さんと仲良くなるのが変だって気づかないもの？本当にそういうの判んないの？」

だ〜から小学校三年生の女の子をいきなり無視したりできないだろ！そういう想像力の欠如については指摘されなくていいのかよ！

とカッときそうになるけれども、抑える。

「それは知りませんでしたし、思い至りませんでした。すみません。今僕はそういう社会勉強を始めたところなんです。何かと至らない点があるかと思いますけど、もう少し辛抱して教えていただけますか」

「……うん。はい。判りました。こちらも坂上さんのことが心配だからって磯村くんに理不尽な思いをさせてしまったかもしれないから、ごめんなさいね？……じゃあ、そういうことで」

「あ、すみません、あと一つだけ」

「何？」

「僕はどこかおかしいですか？」

「……私には判らないよ？　でも、坂上さんは、今磯村くん信じられないかもしれないけど、倒れられる前までは磯村くんのこと結構評価してたから。素直だし頑張ってるし、ちょっと面白いとこがあるってさ。それは一応、みんなの意見でもあるよ？　わかってもらえれば素直に聞いてくれるもんね、磯村くん」

俺は気持ちを変な形で打たれて、とっさに言葉が出てこない。

「ごめんねちょっとこれから外出るから、先出るね」

と言って馬飼さんが部屋を出ていき、それから俺も自分の席に戻る。

「あっはっは。お前なんか可哀想な奴だな」

と隣で笑うのは佐々木諒さんで、社員だ。

「やあ、僕が不用意なのがいけないんですよ、色々と」

と言って俺が仕事に戻ろうとすると佐々木さんが

「偶然イマイチなことが重なることもあるって。お前真面目な奴だからさ、こういうことであんまり落ち込むなよ?」

と肩をバンバン叩いてくる。

あはは、と笑うと何だか涙が浮かびそうになるので留める。

「いいよいいよ。ともかくさ、今夜飲みに行こうぜ」

飲みニケーション……と思うと何だか今度は吹き出しそうになる。あまりに判りやすい配慮だが、まあ嬉しい。

佐々木さんはその夜だけでなく、頻繁に飲みに連れ出してくれる。厳しい人だけど、指示が明快で一緒に仕事がやりやすい。

「ともかくさ、お前みたいなタイプはたくさん単純な作業をこなさなきゃいけないのよ。他の人の仕事見ながらさ、まず基本を叩き込んでくの。流し込みとかでも作業量を増やしておけば、食いっぱぐれることはないから。ムック本月三冊作るの目標にしてさ、じゃんじゃんやってこうぜ！俺がけつ拭いてやっからさ！」

実際に佐々木さんはいろんな会社から仕事を取ってきてほとんど自分でディレクションし、編集にも指示を与えちゃう側になる。プレイヤーだ。俺は佐々木さんのそばでアシスタント的な立場になってどんどん仕事をこなしていく。もう何かを考える暇もないほどに。そういうふうに作業に没頭するのはなかなか気持ちがいいし、物が仕上がって実体化していくのは嬉しい。やり甲斐そのものだ。

佐々木さんは飲み屋で会ったバリスタの人と意気投合したと思ったら、その場でコーヒーについての本を出そうって話が盛り上がる。それをきっちり実現させてちょっと感心していたら本の発売後の何度目かの打ち上げで、数字が良かったからハルノドロの出資でそのバリスタ、水原隆太さんと店を出そうって話まで持ち上がってくる。代々木上原の外れに佐々木さんの知り合いの持ち物件があってそこを安く借りれるからハルノドロプロデュースで仕掛けてみようぜ！と。で、何故か俺が店長役にならないかと言われる。

「面白そうですね！」

といつもの感じで答えたけれども、その後で一緒に飲んでいた同僚の女の子に店の隅に呼ばれ、

「ダメですよ、そんな簡単に返事しちゃ」

と言う。

「えっ？何のこと？」

「喫茶店の店長の話ですよ。だって店長って、お飾りとかじゃなくて本当に店長業務させられますよ？」

「そりゃそうでしょ。その感じでしょ」

「だって磯村さん、そんな経験あるんですか？店長とか」

「や、ないけど、佐々木さんも手伝ってくれるでしょ。俺がそんなのできないの知ってるはずだし。それに水原さんが実質その店を回してくれるんでしょ？俺はハルノドロの代表というか代理でそこにいるだけって感じじゃない？というか、いなくてもいいんじゃないかな」

「……そうかもしれませんけど、話、ちゃんと聞いてました？お金はハルノドロの直接出資って感じじゃなくて、磯村さんが独立して会社起こして、その設立資金はハルノドロから出すけど、お店の開店資金は基本的に銀行から借りるってふうでしたよ、磯村さんの名義で」

「うん？じゃあ俺の借金？」

「ってことじゃないですか？そこ、ちゃんと確認しないと」

「あはは。まあ、そうだよね」

と言って席に戻り、水を向けてみると佐々木さんが笑う。

「いいじゃん、お前、ここで一発勝負をかけるって手もあるよ？だってマジな話、デザイナーでは先ないよ。いや、あるっちゃあるけど、お前オペレーター業務みたいなことしかできないもん。やってることデザインじゃないし。最近お前、何かデザインした憶えあるか？ないだろ？だって俺の言った通りにしかやってないもんな。忙しいって言い訳でさ。確かにやらなきゃいけないことたくさんあるけど、その中でも時間作って何かやらなきゃダメなんだよ。俺言ってるじゃん。まずはアイデア出せって。でもお前別のこと取り掛かるか、今自分のやってることの精度上げるばっかりで、自分の考えまとめてこないもんな。だから最近俺、あんまり言わなくなっただろ？お前のやりたいこと見せてみろってさ。だって結局それ出してこられても俺の時間食うだけだし、お前の将来のこと考えると、もうオペレーターと割り切って、誰にも作業量と正確さで負けないぞっていうデザイナーになればいいなって思ったのよ。それもデザイナーだよ？やってるのがデザインじゃないだけで。けどそれがお前の生き残る方法だろうなってさ。でもさ、このコーヒーショップは可能性あるぜ？お前真面目だし、仕事憶えたら絶対いけるよ。うちで作業こなしてるより給料は上がるし、時間もまともになるし、多分お前、おしゃれなコーヒー屋の店長ってハマるし、気に入るんじゃねえかな」

デザインの会社はたくさん、死ぬほどあるけど、みんな細々とやってんの。ピカピカのおしゃれなオフィスでさ。やってることはでも適当な、誰かがやらなきゃいけないってだけの仕事なの、マジで。

って川合航平さんの言葉を久しぶりに思い出す。
俺は本当にいつの間にか、そういう仕事をこなすだけのデザイナーになっていて、そして今やそのデザイナーとしても見切りがつけられた挙句に全く別の業種に移らないかと誘われてしまっているのだ。
そっちの方が儲かる、というのも、俺がシャレオツコーヒーショップの店長にハマる、気に入るってのも、多分以上に本当だろう。

哀しみすら感じないほどに、それは事実だ。

次の日、佐々木さんは

「昨日はちょっと言いすぎたな。でも嘘は言ってないよ。お前が頑張れば別の道があるし、俺はそれを応援するよ。お前が決めればね」

とフォローしてくれるが、言葉はなかったことにはならないし、事実というものは揺らがない。

俺はもう一つ思い出す。

バッハマンの社長と約束した三年後がちょうどもうすぐだな、と。

そこに選択肢がある。

コーヒーショップもある。

ここハルノドロでもう一度、気持ちを入れ替えて頑張り直すってのももちろんありえる。

でもそのどれも、またしても、選ぶことができない。

どの選択肢にも期限はあるのに、また俺は俺が何をやりたいのかについて考え込むだけで、決定への道筋をつけられない。

だけど四方田さんの言った通りに俺は女の子を引っ掛けるときにナチュラルで特別で光るらしくて、あの夜俺に警告してくれた女の子と付き合い始める。

いい子だ。

俺のことを思ってくれる。

俺はこの子のことを同じくらいに思いやれているかわからないのに。

それができればいい、じゃなくて、しなくちゃならないと思う。

そして俺は彼女に言う。

「俺、君に会えたおかげで世界のことを信じられそうな気がするよ」

俺の心の奥底から出てきた、まっすぐで、正真正銘の本音だ。

俺のことを助けてくれる人がいる。

この子だけでなく、佐々木さんだって坂上さんだって川合さんだって四方田さんだって、バッハマンの社長だって馬飼さんだって、みんな俺のことを思って言ってくれるし行動してくれているのだ。

それは信じていい。

そしてそれは俺の近くにいる人全員がそうだということだから、俺の近くにいない人だって、同じように優しい人たちばかりのはずだ。

基本的には俺のことを見守ってくれている。

そして俺のために言ってくれる。

彼女が言う。

「うん。そうだね。だから安心して、磯村くんは自分のこと頑張ってね。見栄えなんかどうでもいいからね？ あと、私はあなたがどんなにポンコツでも見捨てないからね。あなたは私が選んだポンコツさんなんだから」

俺は爆笑する。

君と一緒にいるとまともになれる気がする
と二番目のガールフレンドに言ったけれど、まともになんかなれなかった。

四方田さんのためになら、星の裏まで探しに行くよ
なんて口走ってたけど、そんな約束すっかり忘れていたし、そもそものセリフは四方田さんを自分のそばに引き止めようとしただけの姑息なものだった。それに探しに行くってことは、離れてしまうのが見えていたわけだ。

そして今、

俺、君に会えたおかげで世界のことを信じられそうな気がするよ

なんてほざいているけど、そしてこれは本気だし、実感として正しいけれど、ただの言葉だ。

嘘にも、偽物にもなるし、どこにも残らずに消えてしまいやすいものなのだ。

でもいい。

言葉だけに拘泥してもしょうがない。

人生、何を言ったかではなくて何を行なったかだ。

それに女性に好かれることで光っていても、人生という長丁場は持たない。

忘れるな。俺はとんだポンコツだ。

賢明な女性と男性とに言われた通りに、俺のできることは少ない。

そんな微力を結集し、俺は俺自身、改めてまともになり、好きな人を離さず、離れても探しに行き、そして世界を信じていかなくてはならない。言葉を本当にするのは俺なのだ。

その第一歩としてまずは決めなくてはならない。今目の前にある選択肢から、自分で選ばなくてはならない。自分の意思で、自分のやりたいことを。やるべきことを。

で、俺はコーヒーショップ、水原どろコーヒーの店長になる。

や、実はデザイナーとして改めて出直そうとあがこうとしたのだが、彼女が妊娠してしまい、家族のために収入を選んだのだ。

これを選んだと言えるだろうか？

わからない。

でもどうでもいい。

子供が生まれ、俺というポンコツはポンコツのままで、でも俺が本当に稼ぎのないバカでいるなら彼女は子供を連れて俺から去っていくだろう。俺の安息地はあっという間に息子に奪われてしまったが、それで当然だ。

俺は仕事をする。思った通り、思われた通り、代々木上原の外れの小綺麗な店舗の奥で水原さんの後ろをうろうろしながら店を経営していくことは俺の性に合っている。

けれど店をやり始めてから また判ったことだけれど、飲食店の経営は決断ごとが多い。

何事も店長がどうしたいのか、にかかってしまうわけだが、この《自分がどうしたいのか》の答えを出すことがこんなに苦しく、人生で一番難しいものだなんて、誰にわかってもらえるだろう？って不満めいた気分は、俺の中で殺す。

本書は二〇一八年十一月に刊行した単行本を文庫化したものです。

〈初出〉
トロフィーワイフ　「群像」二〇一六年十二月号
ドナドナ不要論　「群像」二〇一〇年八月号
されど私の可愛い檸檬　単行本刊行時書き下ろし

|著者| 舞城王太郎　1973年、福井県生まれ。2001年『煙か土か食い物』で第19回メフィスト賞を受賞しデビュー。'03年『阿修羅ガール』で第16回三島由紀夫賞を受賞。『熊の場所』『九十九十九』『好き好き大好き超愛してる。』『ディスコ探偵水曜日』『短篇五芒星』『キミトピア』『淵の王』『深夜百太郎』など著書多数。近年は小説にとどまらず、『バイオーグ・トリニティ』や『月夜のグルメ』などの漫画原案、『コールド・スナップ』の翻訳を手掛け、アニメ『龍の歯医者』『イド：インヴェイデッド』の脚本などに携わる。

されど私(わたし)の可愛(かわい)い檸檬(れもん)

舞城王太郎(まいじょうおうたろう)

講談社文庫
定価はカバーに
表示してあります

2021年10月15日第1刷発行

発行者――鈴木章一
発行所――株式会社　講談社
東京都文京区音羽2-12-21　〒112-8001
電話　出版（03）5395-3510
　　　販売（03）5395-5817
　　　業務（03）5395-3615
Printed in Japan

デザイン―菊地信義
製版―――凸版印刷株式会社
印刷―――豊国印刷株式会社
製本―――株式会社国宝社

ISBN978-4-06-524937-6

講談社文庫刊行の辞

二十一世紀の到来を目睫に望みながら、われわれはいま、人類史上かつて例を見ない巨大な転換期をむかえようとしている。

世界も、日本も、激動の予兆に対する期待とおののきを内に蔵して、未知の時代に歩み入ろうとしている。このときにあたり、創業の人野間清治の「ナショナル・エデュケイター」への志を現代に甦らせようと意図して、われわれはここに古今の文芸作品はいうまでもなく、ひろく人文・社会・自然の諸科学から東西の名著を網羅する、新しい綜合文庫の発刊を決意した。

激動の転換期はまた断絶の時代である。われわれは戦後二十五年間の出版文化のありかたへの深い反省をこめて、この断絶の時代にあえて人間的な持続を求めようとする。いたずらに浮薄な商業主義のあだ花を追い求めることなく、長期にわたって良書に生命をあたえようとつとめるところにしか、今後の出版文化の真の繁栄はあり得ないと信じるからである。

同時にわれわれはこの綜合文庫の刊行を通じて、人文・社会・自然の諸科学が、結局人間の学にほかならないことを立証しようと願っている。かつて知識とは、「汝自身を知る」ことにつきていた。現代社会の瑣末な情報の氾濫のなかから、力強い知識の源泉を掘り起し、技術文明のただなかに、生きた人間の姿を復活させること。それこそわれわれの切なる希求である。

われわれは権威に盲従せず、俗流に媚びることなく、渾然一体となって日本の「草の根」をかたちづくる若く新しい世代の人々に、心をこめてこの新しい綜合文庫をおくり届けたい。それは知識の泉であるとともに感受性のふるさとであり、もっとも有機的に組織され、社会に開かれた万人のための大学をめざしている。大方の支援と協力を衷心より切望してやまない。

一九七一年七月

野間省一

講談社文芸文庫 

磯﨑憲一郎

鳥獣戯画／我が人生最悪の時

解説＝乗代雄介　年譜＝著者

「私」とは誰か。「小説」とは何か。一見、脈絡のないいくつもの話が、〝語り口〟の力で現実を押し開いていく。文学の可動域を極限まで広げる21世紀の世界文学。

いAB1
978-4-06-524522-4

蓮實重彥

物語批判序説

解説＝磯﨑憲一郎

フローベール『紋切型辞典』を足がかりにプルースト、サルトル、バルトらの仕事とともに、十九世紀半ばに起き、今も我々を覆う言説の「変容」を追う不朽の名著。

はM5
978-4-06-514065-9

講談社文庫　目録

講談社文庫　目録

宮本　輝　骸骨ビルの庭(上)(下)
宮本　輝　新装版 二十歳の火影
宮本　輝　新装版 命の器
宮本　輝　新装版 避暑地の猫
宮本　輝　新装版 ここに地終わり 海始まる(上)(下)
宮本　輝　新装版 花の降る午後(上)(下)
宮本　輝　新装版 オレンジの壺(上)(下)
宮本　輝　にぎやかな天地(上)(下)
宮本　輝　新装版 朝の歓び(上)(下)
宮城谷昌光　俠骨記
宮城谷昌光　夏姫春秋(上)(下)
宮城谷昌光　花の歳月
宮城谷昌光　重耳(全三冊)
宮城谷昌光　介子推
宮城谷昌光　孟嘗君 全五冊
宮城谷昌光　春秋の名君
宮城谷昌光　子産(上)(下)
宮城谷昌光　湖底の城〈呉越春秋〉一
宮城谷昌光　湖底の城〈呉越春秋〉二
宮城谷昌光　湖底の城〈呉越春秋〉三
宮城谷昌光　湖底の城〈呉越春秋〉四
宮城谷昌光　湖底の城〈呉越春秋〉五
宮城谷昌光　湖底の城〈呉越春秋〉六
宮城谷昌光　湖底の城〈呉越春秋〉七
宮城谷昌光　湖底の城〈呉越春秋〉八
宮城谷昌光　湖底の城〈呉越春秋〉九
水木しげる　コミック昭和史1〈関東大震災～満州事変〉
水木しげる　コミック昭和史2〈満州事変～日中全面戦争〉
水木しげる　コミック昭和史3〈日中全面戦争～太平洋戦争開始〉
水木しげる　コミック昭和史4〈太平洋戦争前半〉
水木しげる　コミック昭和史5〈太平洋戦争後半〉
水木しげる　コミック昭和史6〈終戦から朝鮮戦争〉
水木しげる　コミック昭和史7〈講和から復興〉
水木しげる　コミック昭和史8〈高度成長以降〉
水木しげる　総員玉砕せよ！
水木しげる　敗走記
水木しげる　白い旗
水木しげる　姑娘
水木しげる　決定版 日本妖怪大全〈妖怪・あの世・神様〉
水木しげる　ほんまにオレはアホやろか
宮部みゆき　新装版 震える岩〈霊験お初捕物控〉
宮部みゆき　新装版 天狗風〈霊験お初捕物控〉
宮部みゆき　ICO―霧の城―(上)(下)
宮部みゆき　ぼんくら(上)(下)
宮部みゆき　新装版 日暮らし(上)(下)
宮部みゆき　おまえさん(上)(下)
宮部みゆき　小暮写眞館(上)(下)
宮部みゆき　ステップファザー・ステップ〈新装版〉
宮子あずさ　看護婦が見つめた人間が死ぬということ
宮子あずさ　看護婦が見つめた人間が病むということ
宮子あずさ　ナースコール
宮本昌孝　家康、死す(上)(下)
三津田信三　忌館〈ホラー作家の棲む家〉
三津田信三　作者不詳〈ミステリ作家の読む本〉(上)(下)
三津田信三　蛇棺葬
三津田信三　百蛇堂〈怪談作家の語る話〉
三津田信三　厭魅の如き憑くもの

2021年9月15日現在